梅溪民间文学选集

尚亿琴 ◎ 编著

Meixi Minjian Wenxue Xuanji

黑龙江人民出版社

图书在版编目(CIP)数据

梅溪民间文学选集／尚亿琴编著. —— 哈尔滨：黑龙江人民出版社，2018.4
ISBN 978-7-207-11309-2

Ⅰ.①梅… Ⅱ.①尚… Ⅲ.①民间故事—作品集—安吉县 Ⅳ.①I277.3

中国版本图书馆 CIP 数据核字(2018)第 066274 号

责任编辑：朱佳新
封面设计：鲲　鹏

梅溪民间文学选集
尚亿琴　编著

出版发行	黑龙江人民出版社
地　　址	哈尔滨市南岗区宣庆小区 1 号楼
邮　　编	150008
网　　址	www.longpress.com
电子邮箱	hljrmcbs@yeah.net
印　　刷	永清县晔盛亚胶印有限公司
开　　本	880×1230　1/32
印　　张	7
字　　数	180 千字
版　　次	2018 年 4 月第 1 版　2021 年 6 月第 2 次印刷
书　　号	ISBN 978-7-207-11309-2
定　　价	36.00 元

版权所有　侵权必究
法律顾问：北京市大成律师事务所哈尔滨分所律师赵学利、赵景波

序 一

　　石沐盛阳无增色，珠处幽静更放明。遵吾友亿琴嘱为其新书《梅溪民间文学选集》作序，一时不知如何下笔。亿琴生性敦厚，不喜张扬，却对梅溪民间的风土人情、民俗乡音情有独钟。回想2008年夏，正值"浙江省非物质文化遗产普查"如火如荼进行之时，在梅溪镇的培训会上初次得识其人。待培训移至章村镇时，亿琴居然如影随形，从数十公里外的梅溪镇赶来参会，足见其对地方文化热爱有加，令人感叹。有道是"宝剑锋从磨砺出，梅花香自苦寒来。"十年后的今天，梅溪镇的国家级、省级、市级非物质文化遗产名录数量居安吉全县各镇之首，绝非偶然。

　　民间文学的涵盖面很广，包括神话、传说、故事、歌谣、谚语、谜语、笑话等，是在人民大众中集体传承的口头传统和说辞艺术。其中由于"神话、传说、故事"三类都带有故事的性质，如何对其区分界定就产生了一些分歧。譬如20世纪末开始编纂的《中国民族民间十部文艺集成志书》普查过程中，以浙江省德清县为中心地域流传的"防风氏"故事被誉为"继中原神话、云南岩画、纳西族祭天古歌后我国神话学界的又一珍贵的发现"。但是在2011年，防风氏故事是以"防风传说"名义公示为第三批国家级非物质文化遗产名录的，这在后来召开的"中国·德清第三届防风文化学术研讨会"上引起了一些异议。然而在我国的非物质文化遗产名录体系中,上古神话中出现的许多人物故事都是以"传说"名义公示为国家级非物质文化遗产名录的,如"舜的传说""禹的传说""尧的传说""盘瓠传说""炎帝神农传说"等。这或许是所持学术视角不同的一种反映,同时也表明湖州市在2008年非物质文化遗产普查时制订的甄别"神话、传说、故事"标准并非没有道理:

神话——中华民族远古时期无文字发明时口传形成,围绕开天辟地、创物造人为中心,在汉字逐渐成熟后记载下来的具有超自然力、充满丰富想象的浪漫故事。如《盘古开天地》《女娲补天》《羿射九日》《石裂启生》等;

传说——在人民群众中长期活态传诵,多与特定的山川地貌生灵事物有密切联系,并常以释说"某一事物由来"为显著特点的民间传闻。最短可寥寥数语,长可演绎为洋洋万言。而一旦将"由来"说清,故事也就接近结尾。如《梁祝传说》必然以"化蝶"为结束(也即"蝶的由来");《牛郎织女传说》最后必结尾于"所以,在银河的两边有……"等;

故事——以人、动物等(包括神话、传说中的人与动物)为主人公,有主题、立意,以喻世、传奇、娱人、宣教等为目的的口头文学散文。如寓言故事是为了说明一个道理;笑话的目的是博人一笑;而其他以"忠孝节义""道德伦理""喻世警人""奇闻轶事"等为主题立意的故事更是浩如烟海、不胜枚举。

远古神话中的故事虽有最初的文字记载,但仍然在不同地区、不同人群中活态口头传诵。在绵延不绝的历史长河中,这种传诵又必然地与各自当地的山川地貌、人文风俗、历史变迁、百工技艺等产生联系,不断丰富变异为多种版本。以致其内容与最初书载的远古神话有了天壤之别,早已演变为上述"传说"或"故事"的特征。这也是湖州市非物质文化遗产普查时在民间文学大类中只有活态存在的传说、故事,而不记书载神话的主要原因。

梅溪,是安吉县的一个古镇。山水相映,物产殷阜,钟灵毓秀,人杰地灵。历代名人如吴均出自于此,颜真卿也在梅溪生活过,并留下"颜家"之谜。梅溪又是一个多元的文化大镇。清代太平天国战争期间,安吉县蒙受了重大损失。据《同治安吉县志·卷四·户口》,安吉县在"咸丰间(1851—1861)编排保甲男妇大小丁口共一十三万有奇";战争结束后"同治三年(1864)清厘户口,土著户仅存三千五百户男妇大小丁口六千八百三十八",田园荒芜,十室九空。之后,大批来自河南、湖北、安徽、福建、丽水、江苏等地的移民来到安吉,也带来了他们原住地的语言、风俗、艺术、技艺。经过一百多年的融合发展,移民们早已与安吉本地原住民一起成了这一方水土的主人,他们共同传承着多方会集而来的民族文化,在安吉开出了绚丽多姿的文化之花。

论家们在诉说民间文学的特点时,通常总结为"口头性、集体性、变异性、传承性、人民性、艺术性、生活性"等。但如深入民间,即会发现活态的民间文学并非单独存在,往往与其他民间艺术融为一体,难以分割。如"歌谣"是歌唱的,那么它就是唱词与唱调的融合。当我们将歌谣的唱词收入"民间文学"时,就忽略了它的唱调;收入"民间音乐"时,唱调却不能脱离唱词。再如梅溪的"旱船歌",它不仅是节令习俗舞蹈"舞(跑)旱船"中不可分割的内容,同时还兼有诸多教化功能。"历代纲鉴歌"将历朝历代按序编排,使人知史纪年;"古人歌"将历史上的英雄豪杰逐一歌唱,弘扬正气;"忠孝节义歌"劝人为善;"笑话扯白歌"发噱逗趣。其他如唱吉祥如意、逸闻趣事、花鸟虫鱼、作坊百工……天上人间,无所不唱,洋洋洒洒,不一而足。仅歌谣一项,已见梅溪民间文化艺术土壤丰厚之一斑。而梅溪的历史悠久,人口多源,语言杂陈,民俗多样,也就使这部《梅溪民间文学选集》更加独具风格、多姿多彩,更加具有参考价值和研究价值,实为不可多得的一部好书。

刘大海
2018年3月于湖州

序 二

欣闻尚亿琴编著的《梅溪民间文学选集》即将出版,可喜可贺。

梅溪镇因西苕溪沿岸盛开紫梅而得名,历史悠久,物阜民丰。奇山秀水孕育了勤劳智慧的人民,也沉淀了源远流长的非物质文化遗产和民间传统文化。作为省级文化强镇、民间文化艺术之乡和非遗主题小镇,梅溪不仅是一片充满个性与风情的文化厚土,也是一个很有故事的地方,文人墨客留下的史话、口耳相传的民间文学,就像一粒粒散落的"遗珠",在竹海苕溪里熠熠生辉。

尚亿琴出生于梅溪镇小溪口村,从小喜欢听村里老人讲故事。20世纪80年代起担任基层文化站站长,热心于乡土文化研究,对梅溪文化风俗如数家珍。尤其在民间文化艺术和非物质文化遗产保护工作中,她始终带着一份质朴情怀与强烈责任感,默默而执着地做好调查、记录、守护、传播、传承等工作。几十年来踏遍梅溪的山川溪岸、田垄村落、街头巷尾,采风不止,笔耕不辍。因此,此书既凝结了她的乡土情感,也是她从事基层文化工作的"文化履痕"。正因为有了很多像她这样的文化守护者与有心人,我们的文化生态工作才枝繁叶茂。

这本民间文学选集遵循普遍性、科学性、口头性的要求,收录了她和同事历年来收集整理的传说故事、歌谣谚语200余个,涉猎广泛,内容丰富。既有仙人弄、浮石山、宝胜寺等地名传说,也

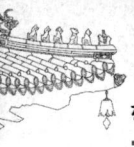

有民间至今仍在延续的做乌米饭、插蒿子等风俗花絮,还有涵盖吴方言和其他地区语言的车水歌、小调山歌、对歌、旱船歌等,无论长短,皆清新活泼,尤其是保留了原汁原味的口述特色,通俗生动,如同一份民俗美餐,为我们留住了梅溪记忆,更为研究梅溪民间文学提供了宝贵的资料。相信通过此书的出版,一定会让读者更加了解和喜爱梅溪地方文化。

我提前阅读完这本带着山野清香的好书,也借此机会写上以上这些话,作为对她的再次祝贺吧。

汤常欢

2018 年 3 月 12 日

目 录

上篇 传说故事

梅溪风土 ………………………………………………（3）
  梅溪的来历(一) ……………………………………（3）
  梅溪的来历(二) ……………………………………（5）
  梅溪镇的来历(三) …………………………………（6）
  晓墅与梅溪的来历 …………………………………（7）
  乌龟山的传说 ………………………………………（9）
  仙人弄的来历 ………………………………………（10）
  独山的来历 …………………………………………（11）
  銮殿村的由来 ………………………………………（12）
  虾趴的传说 …………………………………………（14）
  浮石山和乌龟石 ……………………………………（15）
  蛇角庙的传说 ………………………………………（16）
  天鹅潭 ………………………………………………（18）
  苓家塘水库的由来 …………………………………（19）
  洪家岭的传说 ………………………………………（19）
  宝胜寺的由来 ………………………………………（20）
  屯姑坞、岳征坞的由来 ……………………………（21）
  黄梁湾的故事 ………………………………………（22）
  石马冲 ………………………………………………（23）

— 1 —

乌山石门 ………………………………………… (24)
惠门寺 …………………………………………… (25)
俞坞"青龙地" …………………………………… (26)
张家山姚家府传说 ……………………………… (27)
石门炭的故事 …………………………………… (28)
阴阳河与梅溪酱油 ……………………………… (29)
梅溪"奇"谈 ……………………………………… (31)
四知堂的传说 …………………………………… (32)
旗杆石 …………………………………………… (33)

仙凡奇闻 ………………………………………… (37)
吴刚贪心上月宫 ………………………………… (37)
张果老与彭祖 …………………………………… (39)
关公与周昌的传说 ……………………………… (40)
程咬金拜帅 ……………………………………… (40)
天衣无缝 ………………………………………… (41)
菩萨也要走运 …………………………………… (43)
两棵仙树的传说 ………………………………… (44)

桑榆俐伶 ………………………………………… (46)
聋子搭棚 ………………………………………… (46)
"恭喜"和"还好" ………………………………… (47)
才女 ……………………………………………… (48)
白字官司 ………………………………………… (49)
聪明妇人的故事 ………………………………… (50)
失印取印的故事 ………………………………… (51)
无字情书 ………………………………………… (52)
巧分牛 …………………………………………… (53)
胡子吟诗的趣事 ………………………………… (54)
贪小的财主 ……………………………………… (54)
一叶障目,不见泰山 …………………………… (56)

三个"死人"困觉 ·· (57)
　　亲家母 ·· (58)
　　不知谁死谁人前 ·· (59)
　　酒官 ·· (60)
　　不是人屎(死)就是狗屎(死) ··································· (63)
　　秀才看报 ··· (64)
　　打茶壶 ·· (65)
　　麻人 ·· (67)
　　酒鬼与爱妻 ··· (68)
　　"扒灰"的本意 ··· (70)
　　"呆头"与闲话 ··· (72)
　　诸家边的姑娘不用看 ·· (73)
　　木匠捉弄富人 ··· (75)
　　师娘与先生的故事 ·· (76)
　　馆子嫂的故事 ··· (78)

风俗花絮 ··· (79)
　　据说箍桶匠的祖师是女的 ·· (79)
　　盖房上梁披红的传说 ·· (79)
　　端午门前插蒿子、菖蒲的由来 ··································· (80)
　　蒸谷米的来历 ··· (81)
　　乌米饭的故事 ··· (83)
　　马齿苋草是晒不死的 ·· (84)
　　打蛮船的由来 ··· (84)

鸟兽鱼虫 ··· (87)
　　狗与猫的矛盾 ··· (87)
　　蚕娘吐丝 ··· (89)
　　有"猿"千里来相会　无"猿"对面不相逢 ·························· (89)
　　半饥半饿的鸟 ··· (91)
　　十二生肖来历与排列 ·· (92)

— 3 —

一窝金鸡 ………………………………………… （93）
青龙盘米桶 ……………………………………… （94）
马头娘娘的传说 ………………………………… （96）
蛇吞象（相）的故事 …………………………… （97）

下篇　歌谣谚语歇后语

歌　谣 ……………………………………………… （101）
　车水歌 …………………………………………… （102）
　　太阳出来照九州 ……………………………… （102）
　　天上星，朗朗稀 ……………………………… （103）
　　天上星斗朗朗稀 ……………………………… （103）
　　栀子花儿不会开 ……………………………… （103）
　　栀子花儿不会生 ……………………………… （103）
　　栀子花儿靠墙栽 ……………………………… （104）
　　哥放鸭子姐放鹅 ……………………………… （104）
　　鼓打五更 ……………………………………… （104）
　　早晨起床出门破四门 ………………………… （106）
　小调山歌 ………………………………………… （107）
　　十二月放羊 …………………………………… （107）
　　人心肚里百样歌 ……………………………… （109）
　　鹭鸶飞歌 ……………………………………… （110）
　　十二月花名 …………………………………… （111）
　　正月是新年 …………………………………… （112）
　　买栀子花 ……………………………………… （117）
　　十只台子 ……………………………………… （121）
　　正月里是新年 ………………………………… （123）
　　绣手巾 ………………………………………… （126）
　　四大京城 ……………………………………… （130）

目 录

　　达摩参禅歌 …………………………………（133）
　　仇报仇来怨报怨 ……………………………（135）
　　打铁歌 ………………………………………（135）
　　烟花女子告阴状 ……………………………（136）
　　十绣 …………………………………………（138）
　　太阳出来黄澄澄 ……………………………（142）
　　大姑娘十月怀胎 ……………………………（143）
　　山歌好唱口难开 ……………………………（147）
　　唱个山歌谢谢客 ……………………………（147）
　　闹新房甘蔗诗 ………………………………（148）

对　　歌 ……………………………………………（149）
　　郎要跟姐一路行 ……………………………（149）
　　对花 …………………………………………（152）
　　我出一，你对一 ……………………………（154）

儿　　歌 ……………………………………………（156）
　　打掌掌 ………………………………………（156）
　　萤火虫亮亮红 ………………………………（157）
　　小姑娘小打扮 ………………………………（158）
　　瘌痢癞 ………………………………………（158）
　　王妈来烧菜 …………………………………（158）
　　小板凳搭一搭 ………………………………（159）
　　摇摇船 ………………………………………（159）
　　小棒槌歪又歪 ………………………………（160）
　　天上一颗星 …………………………………（160）
　　阿毛阿毛 ……………………………………（161）
　　瘌痢癞得凉锵 ………………………………（161）
　　点点戳戳 ……………………………………（162）
　　十二月儿歌 …………………………………（162）

— 5 —

叙事歌 ……………………………………………（163）
　劝你为人在世上 ………………………………（163）
　好姑娘 …………………………………………（165）
　你说受罪不受罪 ………………………………（167）
　肚子饿了心发潮 ………………………………（167）
　歇店歌 …………………………………………（168）
　三年失夫脱孝 …………………………………（171）
宣　卷 ……………………………………………（173）
　花名宝卷 ………………………………………（173）
　孝子歌 …………………………………………（179）
旱船歌 ……………………………………………（182）
　历史传说歌 ……………………………………（182）
　唱古人 …………………………………………（183）
　多谢茶多谢烟 …………………………………（185）
　扯白歌 …………………………………………（187）
　小小旱船在你府上 ……………………………（190）
　十字歌 …………………………………………（191）
　盘古历史 ………………………………………（192）
　唱了一村又一村 ………………………………（193）
　旱船来源 ………………………………………（194）
　历代纲鉴（商朝） ……………………………（197）
　历代纲鉴（汉朝） ……………………………（198）
　历代纲鉴（唐朝） ……………………………（199）

谚　语 ……………………………………………（200）
歇后语 ……………………………………………（207）

后　记 ……………………………………………（209）

上篇
传说故事

上篇　传说故事

梅溪风土

梅溪的来历（一）

很早以前，梅溪不叫梅溪，这地方四面环山，少雨水，常闹旱灾。有一年天气连着几个月不降一滴雨水，田里干裂得手掌都能插入。眼看着将要收获的庄稼枯死，人们的辛勤付出将要化为乌有。就在这节骨眼上，人们突然想起李老汉曾救过龙王三太子（小龙王）的命。大家想请他来求龙王保佑，给降点雨水救救庄稼。

也就巧了，这一天，龙王刚好从朋友处回家，路过这里，见地面上有一群人。定睛一看，为首一人就是曾救过儿子性命的恩人李老汉，连忙叫乌龟宰相去问个究竟。

这乌龟宰相化作一黑小子，挤到人群当中，问李老汉："老伯，你们在干什么？"

"哎，你是外地人吧，今年天干得太狠了，禾苗快干死了，要没有收成了，恐怕要没有饭吃了。我们正在商量求龙王爷，降点雨水，救救我们。"

乌龟宰相听了说："原来是这么回事。"

乌龟宰相追上龙王，如此一说，龙王一听，这正是报答李老汉救儿之恩的时候。他边想边走，不觉已到龙宫，一抬头正瞧见降雨老龙在饮酒，喊了声"老龙"，便命他去李老汉家乡降雨，并叮嘱他雨不要下得太多。老龙应允后就走了。

— 3 —

不一会儿,老龙到了那儿,趁着酒劲儿使出全身本事降起雨来。一眨眼的工夫,天就黑下来了。人们只见天空中一条老龙,张牙舞爪,口里吐出像瀑布一样大的雨水,越吐越勤,很快就把这地方给淹没了。老龙见闯了大祸正要逃走。这时,龙王赶来了,看见这种情况又见老龙要逃,气得一下子把他打倒,自己用龙尾将东北方(龙坝的下游)打了个大缺口,让水快流出去。流到一定程度后,又用自己的龙鳞,做了一个坝,将水留住,故这地方称"老龙坝"。龙王又一把将老龙的尾巴拖住,拽回来的地方,成了一条小溪,这溪就此得名"龙溪"了。

龙王为了惩罚这条老龙,命它为梅溪吐水。龙王还派了青鱼、白鳝二将镇守于此。在梅溪下街有一桥是青鱼将镇守,得名"青石桥",上街一桥是白鳝将镇守,得名"白石桥"。但是老龙不服气,时而发怒,所以梅溪就经常发大水。

再说老龙被龙王打了,受伤、掉鳞、出血。血鳞顺水而流流到溪的右下游浅滩处,长出一片小树林,开出朵朵紫色小花,人们叫它"紫梅花",紫梅镇由此而得名。到夏秋季节,多雨涨潮,紫梅花瓣顺溪漂下,这就是郡南八景之一的紫梅春涨了。

人们为图省事,就把这里称为"梅溪",取"紫梅""龙溪"的后一字得名。

讲述者: 王妈妈　女　农民　梅溪村
采录者: 张雷莲　杨顺珍

梅溪的来历（二）

相传很久很久以前，这儿还是一个人烟稀少的荒山野岭。岭前一条小溪缓缓地流向北方。溪边长着一株粗壮的梅树，每年春天开着人人喜爱的梅花。离梅树不远处有一个小村子，村子里住着十来户人家，他们中间有一个叫冯化的青年，和母亲一起逃难来到这儿。他和村里的人们一起辛勤劳动，和睦相处，使这片荒地有了生气。

这年春天，冯化到山上去打柴，他走到梅树下，忽然闻到一股清香，直透心扉，他顿时觉得头脑清醒多了。心想，如果多栽一些梅树，让人们多闻闻这样的香味，就不会像以前那么疲劳了。于是，他买来许多小梅树，把它们栽在村外。年复一年，小梅树在冯化的精心培育下长大了，花开时节，宛如一片梅花的海洋。村里的人也养起了蜜蜂，闻着梅花香味，吃着蜂蜜，大家更加有力气去开垦荒地，挖渠引水灌溉农田。慢慢地，这个小村子发生了变化，美丽的环境、清香宜人的梅花不仅引来蜜蜂，更引来了人，来小村庄开垦荒地的人越来越多，物资越来越丰富，小山村慢慢地变成了一个小集镇，人们的生活也越来越富裕。冯化栽的梅树给这里的人们带来了幸福和希望，人们就把紫梅作为小镇之名，叫作"紫梅镇"。不知哪一朝、哪一代，一位新科状元坐着轿子来紫梅镇上任，他路过紫梅林，看到这儿土地肥沃，池塘泛青，人们种田劳动，撒网捕鱼，忙得不亦乐乎。街上车水马龙，人们摩肩接踵，一派欣欣向荣的景象，不禁高兴地说："好地方啊好地方，紫梅林，清溪流，我看就叫梅溪吧！"紫梅镇因此改叫"梅溪镇"，并沿用至今。

梅溪镇的来历（三）

很久很久以前，梅溪是南天目山一带山水冲积成的一个沙洲小岛，长满竹子、霸王草。人们选地势较高的地方筑坝建屋。相传在明朝正德年间，苍山南麓，鸳鸯河畔有市集，瓦屋栉比，有商贾店铺，成一小镇。正德皇帝南游到此镇上，在上渡口有一豆腐店，一年轻姑娘卖豆腐，生意很好，姑娘生得窈窕，眉目清秀，白如凝脂，眼似秋水，眉同远山，婵娟可爱，见者都为之倾倒。

正德皇帝看得依依不舍，凝立店前，姑娘抬头见是一英俊青年，顿生怜情，如痴如呆，暗送秋波，眉来眼去，盈盈秋水传情，忘了卖豆腐。如此钟情数日，后正德皇帝离去，姑娘因相思成病，不久病逝。

正德皇帝回京，心中惦念（恋），传旨召此淑女，闻已不在人间，深为痛悼，后加封厚葬于挨磨山西麓之赵王坟（坟今已毁），而正德此艳遇韵事，传为佳话曰"游龙戏凤"，梅溪因此也叫"梅龙镇"。梅龙镇毁于太平天国战火。抗日战争前，每当春节期间，总管庙会迎神，演戏不唱"游龙戏凤"一出，怕犯此忌讳，于神不安。

太平天国失败后，清政府重建江南，下令移民。强迫河南及湖北省南部老百姓到江南开荒落户，设村建市。禹步街地狭河浅，交通不便，又为战火所毁，人们就先在荆湾建街，拆禹步街及没有烧掉的房子到荆湾搭建。由于荆湾地势低，没多久下雨水涨，就被水淹了，因此再迁建梅溪。在苕溪与混泥港交会处，人们见此处风光秀丽、景色宜人且地势较高，于是背山面溪造屋建市。

因是沙洲小岛，溪水从上流入后塘，再回流至下流与溪相会，于是人们在上街搭造一小石桥，名"白石桥"，下街建一石桥，名"青石桥"，使来往便利。而附近的苍山、挨磨二山多梅，春来梅花烂漫，溪水相应，因此镇名为"紫梅镇"，后又更名为"梅溪镇"。

讲述者：王新龙 男 68 岁 农民 梅溪马村
采录者：尚亿琴
采录时间：2008 年

晓墅与梅溪的来历

很久以前，江西麻城县有两个年轻的叫花子，他们是表兄弟，表哥叫张华，表弟叫李青。他们从江西一路乞讨来到安吉的华光。两个人到那里以后辛勤种地，后来又在现在的华光桥上开了家小杂货店，店名叫"化共店"，意思是叫花子共同开的店，并且称那座无名桥为"化共桥"。由于表兄弟俩善良能干，从不贪心，生意就越做越兴隆，赚了一大笔钱。

可是，这也不是长久之计啊！因为他们毕竟年轻，终有一天，表兄弟俩迟早要分家，各自创业。两人都有了这个想法，于是都找对方商量。

"哥哥，小弟我有件事想找你商量商量。"李青说。

张华："是吗？为兄倒也有件事要找你谈谈呢。"

李青："哦，不知兄长要谈何事？"

"为兄觉得咱们应该趁现在还年轻，早点分家立灶，图谋发展，多想想办法多挣钱。这样对你我都有好处，不知兄弟是否愿意?"张华试探着问表弟。

李青非常爽快地说道:"愿意,愿意,我正为此事而来。"

"好,这就好,我打算在上游(晓墅)安身,不知兄弟你打算在何处安身?"张华关切地问。

"我嘛,就在下游(梅溪)安身。"李青说。

"那好,咱们先卖掉店,再平分钱,店里的东西分给当地的穷人,你看行吗?"善良的张华提议,表弟微笑点头。

双方谈妥,并且很快办好一切。于是,表兄弟俩依依不舍地分别,各自开始独立打拼了。

分开后,表哥表弟先后盖了房子,再继续开店。两家店的生意都很兴隆,并成了当地的富翁。他们靠勤劳赚钱,公平买卖不敲诈,不欺骗,并且非常善良,热心救济穷人,是当地首屈一指的大好人。

一天,表哥去表弟家玩儿,表弟李青自然是热情款待。张华看见表弟家的楼房非常美观,禁不住夸了一句:"这楼房漂亮,兄长我自不如你呀!"

"嗨,小事(晓墅)一桩,何足挂齿,我们应该以助人为乐,此等事不算!"

表兄张华听得面红耳赤,连说:"霉气、霉气(梅溪),为兄不如兄弟,实乃惭愧。"

此后,当地人就把李青住的地方叫"晓墅"(谐音"小事"),把张华住的地方叫"梅溪"(谐音"霉气")。

乌龟山的传说

在很久以前,山脚下住着一个做小生意的商人,他的妻子生下了一个女孩后便死了。过了好几年,小女孩长大了,长得十分漂亮,手脚也勤快。小女孩的爹因女儿从小没娘,就又娶了一个老婆。本想让女孩过上好日子,可是这女人生得满脸横肉,样子十分吓人,她对待小女孩也十分的残暴,整天在小女孩身上找错,不是打就是骂,不让小女孩吃饱饭,叫她穿破衣,小女孩因此也长得很瘦弱。

又过了几年,小女孩长到十四五岁了。有一次,他爹要到外地做生意,后娘想利用这个机会把小女孩弄死。一天,后娘做了一个厚厚的麦饼,里面放有毒药,把小姑娘叫到身边,装出一副笑脸,把饼给了小姑娘,对小姑娘说:"你到山上去砍三天的柴,这饼给你当三天的干粮。"小姑娘没办法,只得含泪答应。小姑娘砍柴,不舍得吃这饼,只摘野果充饥,渴了喝山水。到了第三天的下午,小姑娘正坐在一块石头上休息,突然看见一个讨饭的老婆子,手里拿着一只破篮子,篮子上盖了一块红布,正朝着小姑娘走来,对小姑娘说:"姑娘,你有吃的吗?如果有吃的请给我吃一点吧,我已经几天没有吃东西了。"说完用乞求的眼光看着小姑娘。小姑娘想起自己后娘给的厚厚的麦饼就拿出来给了老婆子说:"老奶奶你吃吧。"老婆子说:"好心肠的姑娘,感谢你,我有一件黑色的衣服和一条黑色的裙子送给你吧。"说完就揭开红布,从破篮子里拿出了衣服和裙子,递给了小姑娘。小姑娘十分高兴,接着就穿在身上试了试,这一试不打紧,小姑娘只觉得精神足,饥饿的肚子也不饿了,脸也红润了。小姑娘正想感谢老婆子,却不见了她的踪影。原来老婆子是黎山老母化身来救小姑娘的。小姑娘高兴地挑起两大捆柴,下山回家去了。到了家,后娘一看,她不但没有害死小姑娘,而且小姑娘长得比以前更好了。后娘把脸沉了下去,厉声说:"你怎么弄的?怎么长得这样好?"说着就拿棍子打小姑娘。小姑娘赶紧把老婆子给衣服的事全告诉了后娘。后娘一听,赶紧从小姑娘身上扒下衣服、裙子往自己身上套,无奈衣裙太小了。好不容易才套进去,因为衣领套在脖子上很难过,头一个劲地往里缩,脸憋紫了,头慢慢地缩小了,她在地上打滚,背弓了起来,背上的衣服撑破了十三块,四肢变短了,渐渐地变成了石头,慢慢地长高了。这时一阵狂风吹来,小姑娘没了踪影,这个乌龟形的石头,几百年过去了,日积月累乌龟石成了一座乌龟山。

讲述者:陶桂英 女 69 岁 农民 梅溪村
采录者:徐大荣

仙人弄的来历

梅溪后山有座庙,上山有一级级的石步垱(即石阶),山脚下石步垱的左右各有一棵千年大树,这两棵树又高又大,三四个人抱不拢,树叶长得密密麻麻,是夏天乘凉的好地方。据说,这两棵树是白老爷和黑老爷的化身。这白老爷、黑老爷是十殿阎王下的二位差官。白老爷心善,乐意做好事,黑老爷十分凶恶,专爱做坏事,谁遇到他谁就要倒霉。弄得老百姓心神不安,天一黑,家家户户乒乒乓乓关上大门,大街上一片安静。白老爷知道黑老爷专爱闯祸,一见黑老爷出去就偷偷地跟在后头,想办法制止黑老爷做恶事,帮助老百姓躲避灾难。由于从后山脚经过后街到大街,白老爷常常要走一个弄垱才能到大街上,在街上转一圈再从通后山的大路回到山脚。这黑、白老爷经过的弄垱,当地老百姓为颂扬白老爷好善之德,就称这条弄垱为"仙人弄"。

讲述者:陆文忠 男 42 岁 农民
采录者:尚亿琴
采录时间:1987 年

独山的来历

八仙张果老游泰山,想将泰山占为己有,就将驴蹄脚板深埋在山底。正巧,云游泰山的碧云仙子也想将泰山占为己有,就将自己用的剑头插进了泰山。到第二年三月三,王母娘娘过生日开蟠桃大会,各路神仙相聚天庭,张果老与碧云仙子两个人争泰山是自己的,众仙无法证明,要他俩拿出证据,张果老说他有驴蹄脚板在山底为证,碧云仙子说他有剑头在山上为证。王母娘娘派众仙前去泰山取证,果真他俩说的都是真的,都有证据,两人争得难分难解。碧云仙子用乾坤袋,将泰山装在袋内背走带去他地时,张果老把碧云仙子用的乾坤袋插了个洞。张果老叫碧云仙子前面走,仙子不肯,他叫张果老前面走,张果老答应走在前面,因为要看袋子有洞漏不漏。因此,张果老倒骑毛驴看到碧云仙子一路走一路漏,漏下的泥就成了一座座山,独山就是乾坤袋内漏出来的。从那时起,张果老总是倒骑着毛驴。

因泰山树木茂盛,独山是泰山带来的,当然树木茂盛了。由于附近上山砍柴的人烧食吃带的火种,又因为住房的草屋易失火,独山经常失火。当地人就筹资在山上建一座火神庙。也真神了,自火神庙建好后,房屋及林木真就再也烧不起来了。火神爷火神奶奶还真是灵验。之后每年的六月二十三日是火神爷生日,火神庙的香火非常旺盛。独山顶上火神庙还有口井,和尚住在庙内,吃井水用井水种菜浇地。天干,井水不干真是稀奇喔。

讲述者:梁学文 75 男 农民 梅溪镇小溪口村
采录者:尚亿琴
采录时间:2008 年

銮殿村的由来

传说,很久很久以前,有个妇女,家住在龙山旁的破茅棚里。这个妇女怀孕已经三年零六个月了还没生,但这孩子在娘胎肚内已能跟母亲说话了。据说这孩子出世之后是要做皇帝的,叫"温天主",銮殿村的由来跟他有关。

温天主为何能三年零六个月不被当朝的发现呢?那是因为太白金星觉得温天主出头做皇帝,能施恩行善,对老百姓有利。算得当朝必定要与他作对,就决定帮助他。于是太白金星化作一条黑狗,天天爬上屋顶,像乌云一样遮住温天主所放出来的光。因为皇帝是紫微星下凡,所以会发光,如果不遮住,就会被当朝观星部观到,会被当朝追杀。再者,温天主的门前有一棵葡萄藤,藤上爬满蚂蚁,这些蚂蚁都是奉命来保护温天主的天兵天将,这些兵将日夜操练,以防外界的干扰,这样温天主才能平安无事。

　　一天,温天主的舅舅来他家做客,舅舅三年多未来过,母亲非常高兴,并热情招待了舅舅,舅舅也尽兄长之谊。舅舅见黑狗上屋顶就说:"黑犬上屋顶乃不祥之物,应除掉。"忽见葡萄藤上蚂蚁成群结队,又说:"葡萄藤蚂蚁成灾,要之何用,应除掉。"于是就打死了黑狗,弄掉了葡萄藤。由于乌云的消除,兵马的解散,当朝很快就发现了温天主。当朝大急,遂率精兵几万连夜兼程,前来捕杀。黑狗和葡萄藤被弄掉之后,温天主就对母亲说:"不好了,我们有难了,现在兵马已经失散,没有办法,请娘带儿赶快逃跑。"于是由龙山向南逃跑,在龙山上母亲肚子阵阵疼痛。疼一次就要蹲一下,蹲了七十二下,形成了龙山"七十二礅"。跑到了现在的颜村时,由于西苕溪拦住去路,温天主就对母亲说:"脱下鞋子放入水中,吹口气,变成船渡过去。"从此留下了"草鞋渡"的地名。过了西苕溪,继续向南逃跑,到了南宗又被一条河(林溪河)拦住了去路,温天主的母亲解开裹脚布抛出,变成了裹脚桥。过了桥,追兵还是穷追不舍,到了南面的一座山上,母亲的肚子又痛起来,温天主叫母亲蹲下来,并让母亲拔草为箭射击追兵,就这样蹲了六次,形成六个礅,此山由此而得名"六礅山"。最后,母亲拔了一把茅草,将手指割破。温天主就对母亲说:"不好了,母亲你出血了,我见血而亡。"温天主便这样死了。

　　而当时神仙太白金星已将温天主出世之后的登基之地选好,金銮殿安排在虾(音 hu)圩的一个村坊,即现在的"銮殿村"。前有上、中、下三朝(赵),后有六部(埠)围之,即油茶埠、泥埠、刘家埠、朝埠、沙埠、横杆埠。还有午朝门,据讲午朝门的石门,由三公子从外挑来,现在荆湾乡为何没有见到石门呢?据说,三公子用麻秆挑着两块石门赶到晓墅的一个地方,被凡人识破,凡人说:"麻秆怎么挑得动石头?"麻秆就立即断了,石头就落在了那个地方。三公子吐了点痰,想把麻秆接起来继续挑走,又被凡人识破,所以那两块石头门就没被搬走。后来此地因这两块石头而得名叫"石门村"。仙人们又助温天主,准备把龙山和红山渡拉到虾坳来,做紫金山,却又被凡人识破了,砻糠绳被拉断,未能成功。

讲述者:汪正连 63 岁 赵文乾 44 岁
采录者:尚亿琴
采录时间:1987 年

虾坳的传说

相传荆湾乡的上赵和下赵原来是个荒滩,滩上长满了虾草,虾子成群,随手一捧就能捧到好几只,这里的虾子为什么这么多呢?是因为这里年年发水,虾子被水带进来,水退了而虾子却跟不出去,留在了滩上,因此而成了虾子聚集的地方,这个滩也因此得名"虾子滩"。洪水进来带进虾子的同时,也给当地老百姓带来了灾难,搞得鸡犬不宁、民不聊生。

当地百姓决定在虾子滩上筑坳堤拦洪水。可他们年年筑却年年被大水冲走,总是无法将坳堤筑成。但老百姓不气馁,继续挑土运泥筑坳堤。老百姓愚公移山的精神感动了观音菩萨,她化作村妇参加筑堤劳动。在观音菩萨的暗示下,人们将虾草搂在一起,在坳堤的外围形成一道虾草围墙拦住大河水浪,再挑土筑坳堤。观音菩萨又用衣角兜了点泥,问人们是否要?当时筑坳堤的人就说:"这点泥能抵什么,还不是被水冲走,无所谓要不要。"观音菩萨听了很生气,就将这点泥兜走了。观音菩萨负气兜走了泥巴,到了现在吴山乡的王村后,将这点泥巴扔下,泥巴形成了一座小独山叫"独山头",而上赵村的坬堤因得观音菩萨的指点和帮助,筑成后就不再倒塌了。因坬堤是由虾草打围而筑起,所以坬堤得名"虾坬"。

讲述者:赵文乾 男 44 岁 农民
采录者:尚亿琴
采录时间:1987 年

浮石山和乌龟石

离梅溪一里多路的地方有座山,叫"浮石山"。这山有点古怪,不管水涨水落,总是有那么一截露出水面,像是浮在水面上一样。

原来在这座山下,有一个很深很深的水潭,至今也不晓得有多深。里面住着一只大乌龟,修炼了一千八百年,神通广大,妖术无边,能呼风唤雨,专门做坏事,弄得附近百姓叫苦连天。每年七月初七乌龟生辰那天,还要当地老百姓献上一对童男童女,给乌龟精吃。不然的话,百姓就更不得安生了,老百姓心里很气,但没有办法。

一日,张天师路过这里,看到这里山上没柴草,地里没青苗,百姓愁眉苦脸,断定这里一定有妖怪作怪,决定为民除害。他跨下毛驴,慢步来到一户渔民家里,把情况摸得一清二楚,然后回山。

第二年七月初七,百姓敲锣打鼓,抬着彩轿奉献童男童女。人们正拥挤在山顶要献人祭祀的辰光,只见一个老道士拨开人群,大呼:"且慢!贫道自有吩咐。"众人一看,一位白发老头,身着道袍,手执拂尘,急急走过来,后面跟随着十几个道童,抬着两顶彩轿。老道口念咒语,稳住彩轿,但见珠帘掀起,走出一双童男童女,"扑通、扑通"两声,跳入水中。不久水面泛起大水泡,接着是天崩地裂一声巨响,从水里冒出一个怪物来,生得蛇头、铁甲、盾牌腰,看上去足有三千斤重。这时候,只见那妖怪口吐白沫,大呼:"天师饶命!小龟肚痛难忍。"把头叩得打雷般响。原来张天师带来的一对童男童女在乌龟肚子里舞刀弄棒,折腾着。说时迟那时快,张天师举起拂尘向空中一指,乌龟精呛了一声,从嘴里吐出两个人,翻身上了乌龟背。

接着张天师用斩妖剑,夹头夹脑①一剑,把乌龟头斩入水中,又从袋里抓起一把朱砂,直向乌龟精身上撒去。无头龟被镇住了,变成一块大石头,浮在水面。这就是梅溪的乌龟石,也叫"浮石山"。

①夹头夹脑:对准脑袋直劈的意思。

蛇角庙的传说

很久很久以前,宜茂村有个喜欢打猎的人名叫童大江。要是田地里没什么活,他就背起猎枪上山,野猪、茅兔、黄麂、竹鸡经常能打到。

有一年冬天,一日,他背起猎枪上山打猎,在一个荒坡上追一只已被他打伤的竹鸡。猛然看见一株桃子树上,长满了鲜红的桃子。他当时只管追竹鸡,也没留心,就很快从树底下跑过。后来念头一转:不对,冬天怎么会有桃子? 连忙回头看,刚才看见的桃子一个也没有了,树上青青的叶子也正往下落。说时迟,那时快,他连忙一个箭步窜到桃树下,抓起一把桃叶,随手就在枪上擦了几下。

原来这是株仙桃,要是吃到仙桃就会成仙。可惜童大江错过了机会,没有吃到仙桃,那支猎枪让桃树叶子一擦变成了百发百中的神枪。

从钱坑桥出发到晓墅的路上,有一棵几个人合抱大小的老槐树。大家走到这里都提心吊胆,有的索性绕远路走。为啥呢?因为树上有条修成精的大毒蛇。有多大,据说有斗桶那么粗,四五丈长,头上还生有两只角,样子非常吓人。这条蛇时常出来吞、拖附近人家养的鸡、鸭、狗,有时还要拖人吃。天上玉皇大帝知道后就派雷公来除妖,无奈这条蛇的妖法实在太大,它口里吐出的毒气冲上天去,雷公的雷公凿也没有办法凿到它身上。雷公只得回天上去讨救兵。

一日夜里童大江做了一个梦,看见一个白胡子老爷爷对他讲:"明天,请你带着神枪到钱坑桥通晓墅大路边的那棵老槐树下等着,助天除妖。"他哪里晓得,这白胡子老公公是天上的太白金星。

第二天,他真的带着枪来到老槐树底下。当天早上,天气很闷很闷,他就抱着神枪坐在树底下乘凉。过了一会儿,天上有几朵乌云出现,又过了一会儿,雷公电闪,再过一会儿,乌天黑地,又是风又是雨。一个响雷,差点把童大江的耳朵震聋,他抬头一看,只见树上一条斗大的妖蛇,张开一张面盆大小的血红的嘴巴,正同雷公斗法。童大江马上托起神枪,对准蛇头,"呼"的一枪,一道红光直向妖蛇射去,那妖蛇吃了一枪,低头向下看,那雷公趁机打了个响雷,打死了妖蛇,并随手一抓,把妖蛇掼到附近的一个山坞。谁知道雷公用力过猛,竟拗下了一只蛇角,那只蛇角就烊[①]在

老槐树下。

过了几年,人们为了纪念为民除害的英雄童大江,就在老槐树旁造了一座"蛇角庙",旁边的山坞就叫"化角坞"(化家坞)。

①烊:溶化的意思。

天鹅潭

传说隐坞环境优美,有山有水,山水从悬崖上流下来形成瀑布,由于流水长年累月冲击地面,崖底形成了一个潭,鱼儿在潭中自由地嬉戏,鸟儿在此无忧无虑地生活着。有一天,一群天鹅飞过此地,看到此景,太美了,便缓缓地滑翔下来,落入潭中,划水嬉戏。饿了,它们就吃水中的鱼;困了,就在潭边歇息。有一天,它们平静的生活被打乱了,一个江湖郎中上山采药,途经此处,看到如此漂亮的瀑布,他停下脚步,爬上悬崖,探身想看个究竟。一群天鹅在潭中自由嬉戏,你追我赶。他忍不住惊叫了一声,"啊!"声音在潭中回荡,惊动了水中的天鹅,突然闪过一道亮光,天鹅不见了。郎中甚是好奇,他沿着崎岖的山路一步一步走下来,手臂被树枝划破了一道小伤口,手上满是泥。当他来到崖底时,什么也没看见。他越发感到惊奇了,仰起头仔细看了看四周,什么也没看到,心生余悸。他蹲下身,想洗净手上的泥,赶快离开此地。当他洗干净手臂正准备起身离开时,发现手臂上的伤口不见了,完全愈合了。他惊叫起来:"神仙啊!"于是他面朝瀑布,跪拜了三下,起身离开了。之后,他把这件事跟邻居讲了,大家都觉得很惊奇,一传十十传百,就这样传开了。后来,受伤的、生病的都来此潭取"神水"医治,此潭的名气也越来越大了,远近闻名,此潭也被称为"天鹅潭"。

苓家塘水库的由来

传说以前干溪桥村有一块风水宝地,被南浔的一个姓苓的老板看中,并用了十八桶银子买下,可人们把银子拿回去一验发现有十七桶银子是假的,只有一桶银子是真的。当地老百姓都很生气想惩治一下这个奸商,于是就请了个风水师想破了这块地的风水,风水师叫老百姓在此地挖一个塘就可以破坏这块地的风水。老百姓就在这块地里挖了一个塘,可塘被越挖越大,慢慢地就变成了一个水库,这个水库也因为这个商人而得名,后来这一带的人们都叫这个水库为"苓家塘"水库。

讲述者:殷玉伏 男 102 岁 小学 农民 昆铜乡干溪桥村
采录者:楼绮
采录时间:2008 年 6 月

洪家岭的传说

古时候有个姓吴的长工在管城沈家干活,他为人老实勤快,也有一定的积蓄。沈家的长辈见他忠厚老实,便想给他做一门亲事。后村有个王姓家族,人称"王百万"。他有个女儿,脚长得非常大,人也长得很丑,富贵人家看不上她,穷人她又不愿嫁,因此她嫁不出去。后来没办法,经人撮合,就嫁给了姓吴的长工。这个姓吴的长工人很勤快,又得老婆娘家送的一些山,很快就发家致富了。于是他就在西管城造了新房,但是他的房子是朝西的,而别的人家的房子是朝东的。为什么呢?原来大高山那里有龙脉延伸到此,他为了镇住龙气,不走老路,新造了一座岭,于是新造的岭就称为"吴家岭"。新造岭的第二个原因是她的老婆经常去庙里烧香,因为她不愿人们看到她的面貌,所以不去人多的地方烧香。正好大坞有座庙,造个岭从管城到大坞就很方便,人家也看不到她。后来因为口音叫法,当地人把"吴"读成"洪",就成了"洪家岭"。

讲述者:盛剑秋 男 85 岁 小学 农民 昆铜乡管城村
采录者:周利峰
采录时间:2008 年 6 月

宝胜寺的由来

乾隆年间,县衙门将大量的粮食和兵器储备于庙宇中(现在的宝胜寺所在地)。庙里香火旺盛,有几百个和尚住在庙里。当时民间有人举报讲和尚储备粮草造反,昏官当道,没有调查清楚,就残杀了庙里所有的和尚。乾隆下江南,途经此处,庙虽残败却仍有敬香香客,并听得香客在叙说着,要替庙里的和尚鸣冤。乾隆皇帝知道这件事后,决意清查这个事情。经暗访调查,查出"和尚储备粮草造反"的确是冤案,为了平民心,乾隆赐予庙宇金棺,并赐名"宝圣寺"。经历多个朝代,宝圣寺的"圣"也不晓得什么时间变成了"胜",有时候两个字还互换着用。宝圣寺一直有香客进香,香火延续未断。

讲述者:夏红旗 男 37 岁 初中 农民 昆铜乡长林垓村姚良自然村
采录者:汤文霞
采录时间:2008 年 6 月

屯姑坞、岳征坞的由来

很久以前,晓墅有个涨子坞,格里有木姥姥①花和尚。做了交关②恶事情。后来岳飞带兵路过,听到有噶个事体③,就发兵把他们都剿灭了。有五个花和尚,逃脱了。逃到路西一个山坳里,开屯造庙,继续作恶。把那些来烧香的女人家都抓起来了。当地老百姓恨么恨死,但没有办法。有几个胆子大的就跑去找岳飞。岳飞听了就带了很多兵来。但是和尚造庙的地方很高,岳飞一记晌④攻不上去。想了蛮长辰光⑤,岳飞决定到对面一个山坳里扎营练兵。练了蛮长时间,花和尚以为岳飞不会打来了,没想到岳飞从后山偷偷派人摸上了他们的庙。咯记么⑥,把那些花和尚都消灭了。后来老百姓为了纪念这个事情就把花和尚造庙的地方叫"屯姑坞",岳飞扎营的地方叫"岳征坞"。

①木姥姥:很多、很多的意思。
②交关:很多的意思
③噶个事体:这样的事情。

④一记晌：一下子的意思。
⑤蛮长辰光：很长一段时间。
⑥咯记么：这次呀。

讲述者：朱冬苟 男 76 岁 小学 农民 昆铜乡路西村委
采录者：林敏
采录时间：2008 年 7 月

黄梁湾的故事

西苕溪红山下的大湾叫黄梁湾，传说从前有一条黑鱼修炼成精，它兴风作浪，为害两岸百姓，闹得百姓人心惶惶，怨声载道。

有一天来了一位得道高僧，他用道法抓住了这条黑鱼精，并将它破成两半晒成鱼干挂在庙里。三年后的一天，庙里来了一位贵客，是高僧的至交好友，高僧觉得好友远道而来，无好菜招待实在过意不去，决定将黑鱼干烧给他吃。高僧就吩咐小和尚拿一半黑鱼干到河边去洗洗，并嘱咐小和尚注意别让黑鱼跑了。小和尚感到奇怪，心想：晒干的鱼干并且只有一半怎么会跑？到了河边，小和尚故意轻轻捧着鱼干放到水里，想试试半片黑鱼干究竟会不会跑。奇怪！半片黑鱼干竟然真的从他手里游跑了。小和尚非常吃惊，惊慌失措地跑回来跟高僧说："半片黑鱼干游跑了。"只听得高僧叹口气说："该有此寿。"于是高僧令小和尚拿了另一半黑鱼干来到西苕溪边也放入河里，两片黑鱼片即刻合在一起成为一条整鱼。高僧对那黑鱼说："放你一条生路，须听我吩咐。从今以后你上到吴山，下到莫山，时时莫犁黄梁湾。"黑鱼精听了，误以为叫它时时莫离黄梁湾,因而一直在黄梁湾。它不敢越雷池一步,更不敢兴风作浪,逼得黑鱼精只能犁河底的泥土,这样日积月累,黄梁湾的河底被黑鱼精犁得越来越深,所以整个西苕溪河数黄梁湾的水最深,据说现在在黄梁湾中还能看到黑鱼精的影子呢。

讲述者:尚福迁 男 57 岁 农民

采录者:尚亿琴

采录时间:1987 年

石马冲

在荆湾乡(现属梅溪镇)章湾村的石马冲有成双的石人、石马、石狮和石狗,还有一只石龟上有个石碑座(据考证,为天官坟遗址,石碑早已不见踪迹)。以前,这些石人、石马、石狗都立得很整齐,很好看。那么怎么会变成现在这种东倒西歪的样子呢?据说跟石人有关。

这石人做得跟和尚一个模样(虽然身穿战甲),人家就叫他"石和尚",这石和尚立在这个地方经过雨淋日晒,就修炼成精了。这成精的和尚一点也不守清规,到了夜里就偷偷摸摸下山,去背人家大姑娘。日子长了,被雷公菩萨晓得了,雷公一气之下,打雷将石人劈成两截,还将石马、石狮子、石狗等也打倒。从此这石马、石狮子、石狗就再也扶不起来了。

讲述者:黄志鸿 男 62 岁 农民 荆湾乡章湾村人

采录者：尚亿琴
采录时间：1987 年

乌山石门

晓墅乌山家家门口都有个菜园子,菜园子里头都要种几株蒲瓜。为啥都要种几株蒲瓜呢？这是有缘故的。

相传乌山石门里囥着木佬佬的金银财宝,不晓得哪亨①,这消息传到了外国,让外国的一个"识宝先生"得知后,他千里迢迢来到乌山。"识宝先生"一看,石门里果然囥着不少金银财宝,但没有开门的钥匙,无法把门打开。于是,他整天东跑西跑,寻找开门的钥匙。当他走到石门一户人家的菜园子时,看见园子里面结着一只很大的蒲瓜,少讲也有百八斤重,他识得这就是打开石门的钥匙,便要向种瓜的主人家买这只蒲瓜,价钱多少由瓜主开价。种瓜的是一对老年夫妻,他们感到有点古怪,就问这瓜买去派啥用场？"识宝先生"也不瞒他们,说道："在石门里囥着不少金银财宝,要有钥匙开门,你们这只蒲瓜就是开门钥匙。"老年夫妻问他怎么个开法,"识宝先生"告诉他们说："只要把蒲瓜拉着绕石门转三圈,石门就会打开,不讨这只蒲瓜是千万不能带到石门里头去的。"老夫妻一听,想:怪勿得他肯出这样的大价钱,原来这只蒲瓜是个宝贝！于是他们不肯卖了。那"识宝先生"觉得很懊悔,但话已经讲出口,又没有办法收回去,只得回去。等那"识宝先生"走了之后,老夫妻俩马上照"识宝先生"的话拉着蒲瓜绕石门转了三圈,只听"嘭"的一声,石门开了。老夫妻急忙跑进去一看,只见里面堆满了金牛、金马、金人,还有样子十分怕人的牛头马面、金蛇、金老虎,这些似乎都在动,他们俩魂灵都要吓出来了,赶忙逃出石门。他们俩刚出石门,身后又是"嘭"的一声,石门紧紧关上了。他们进去的时候连那只蒲瓜也带进去了,出来时跑得慌,忘记把它带出来。

从此以后,这一石门就再也没有开过。乌山家家门前菜园子里都还种着蒲瓜,他们都想能种出一只上百斤重的大蒲瓜,好当钥匙开石门,直到今天,这么大的蒲瓜还是没有人种出来过!

①哪亨:不知道怎么会的意思。

惠门寺

潘家上有座惠门寺,讲起来还同这里出过尚书有关系的呢!

明朝时候,鲁家、李家、惠家出了三个尚书,人称"十里三尚书"。住在惠门的惠尚书在家乡造了一座尚书厅,尚书厅的大门做成了外八字形。这是犯了皇帝的禁令的,据讲只有皇宫、寺庙才能建外八字形的大门。有个奸臣趁机奏本,告惠尚书私造金銮殿。皇帝听了奸臣的话,传下圣旨抓惠尚书。惠尚书得知消息,便想出了一个计策,在尚书厅供了许多菩萨,当中供的是观音菩萨。这样,尚书厅就变成了观音庙,皇帝也没有办法对他怎么样了。惠尚书总算逃过一劫,但他再也不敢当官了,就辞掉官职做了和尚,把方圆十几亩的尚书厅改名为"惠门寺"。

据讲惠门寺内还囤着很多金银财宝。

因为寺庙原先有一横幅,上书"若要金和银,十八扇双扇门里寻"。可是,十八扇双扇门在啥地方? 没有人知道,传说第一扇双

扇门在那两棵百年古树间。

俞坞"青龙地"

俞坞背靠青龙山,青龙山环抱在众山之中,细看像一条青龙向外游来。相传明朝初年,军师刘伯温扮成一民间道士云游至此,看见青龙山,眼前一亮,掐指一算:此地不出百年,必出"真龙天子",今不破掉"青龙地",明朝必有劫难,江山不过百年。军师心生一计,找到俞坞里最年长也最有威望的老族长,向族长骗说道:"贵府后山为蟒蛇地,贵府的正堂正入蟒口,此地不出三年必有劫难,府内人丁不兴,亡者七七四十九口。"族长听后很急,求道士(军师)设法破解。道士歇过数日,择日设坛开祭,要求老族长按他求得的旨意做好三件事方可免除灾祸:一在后山脊挖掘深壕一条,深三尺,长七七四十九丈;二在村前深挖池塘一口,长七丈,宽三丈;三在村外小溪架两座桥,里拱桥、外平桥,里拱桥上方雕刻石锁一把镇锁蟒蛇,名曰"锁蛇桥"。做好三件事后,村中男女老少方可太平。老族长听信道士(军师)的谎言,动员全族人集钱出力,用了三个月时间很快把三件事办成。时隔三年,又一民间道士路过此地,惊曰:"好一块风水宝地(真龙地),怎让人给破了。"村中一壮年听见老道士的惊叹声,跑回村中向老族长汇报了老道士的原话。老族长大惊,立即起身前往村口迎接老道士到府中歇息。道士被族长请到府上大堂,沏来上等好茶(梓坊野山茶),忙吩咐杀鸡宰羊准备午餐,族长诚心请求道士指教,道士被族长的盛情感动,将他所看的这块真龙宝地一一告知老族长。道士曰:"贵府后山原是一条青龙,贵府正坐落在青龙头上,两侧大山左青龙,右白虎,是一把天子椅的扶手,如不是高手云游至此把风水给破了,百年内,贵府有真龙天子出世。"老族长听了道士的解说,方知上当。

我们且看刘军师是如何破掉"青龙"的,在青龙山脊开挖深壕意在抽掉龙筋,府前挖池塘一口,其意是把抬起的龙头揿入池中,永无抬头之日;在青龙山东溪与西溪交合处架上两座小桥,里面一座为石拱桥,桥上雕刻石锁一把,外桥为石板平桥,象征一把钥匙,实为"锁龙桥"。府中人进出,必须绕上桥呈U形而过,意在把这条"青龙"永远锁在青龙山上。刘军师还是放心不下以上破地法术,走出俞坞,在钱坑桥掘深井一十八口,让百姓饮用,意指抽干"龙血"。最后行至桃城(今安城)东,建造灵芝塔,镇压俞坞"青龙",这才放心离去。

讲述者:施发坤 男 80岁 初中 农民 昆铜乡铜山村隐将太平寺

采录者:舒畅

采录时间:2008年7月

张家山姚家府传说

清朝乾隆年间,公主患了一种怪病,宫里的太医开了不少药方都无济于事,公主的病情一点都没好转。这样一来,皇帝急了,命令官员在全国寻找能治好公主病的郎中,全国各地贴满了告示。姚家一位郎中看到告示后,想进京去看看公主的病情。他根据告示上的病情描述,上山采了很多草药,精心准备后就出发前往京城了。

  来到京城后,受到京城官员的热情接待。皇帝传令,他被带到公主的寝宫,认真给公主把脉,仔细查看面相,开了两个偏方加上自己带的草药。

  公主服后,面色好转,眼光有神了,经过一段时间的草药调理,公主的病情慢慢好转起来了。皇帝看到公主康复了,高兴极了,问郎中想要什么封赏。郎中不想做官,一心想回乡潜心医学。皇帝赏赐他很多金银珠宝,并册封一匾,题字"姚家府"。郎中回乡后,将皇帝册封的匾悬挂于自家正门上,这就是"姚家府"的由来。

讲述者:李春宝 男 61 岁 初中 农民 昆铜乡铜山村张家山自然村

采录者:郭志勇

采录时间:2008 年 7 月

石门炭的故事

  路经昆铜梅坞,远远地就能看见两块大石耸立于高山之巅,恰似步入仙境的一扇大门,人称"石门"。石门和炭又怎么联系在一起呢?相传明朝初年,朱元璋做了皇帝,派军师刘伯温到大江南北巡访,刘伯温不但是一个军事家、政治家,还是一个通阴阳、知地理的风水先生。刘伯温路过石门时,惊叹一声,好一块风水宝地,后山头这座坟(姚家坟)就葬在了正"龙口",山脚边两口小池类似"龙眼",今若不把这座坟地给破了,明朝江山根基不稳。

刘军师扮成一民间道士,一派仙风道骨之气,慢慢向村中走去,一方面打听当地的生活习惯,另一方面则打听后山头这座坟是谁家先祖。当地一老者向道士讲述了这坟为姚家的先祖,老者还向道士讲起当地百姓清苦的日子。

随后刘军师想,如果既能破坟地风水,又能让当地老百姓致富,老百姓肯定能接受。

便问村中老者:"你们想过富日子吗?"

老者讲:"那当然想哩。"

刘军师说:"那你们何不利用这山冈丰富的栎树烧炭呢?"

老者讲:"我们没有这个技术。"

刘军师说:"这个我可以教你们。"

在刘军师的传授指点下,在后山头姚家坟旁架上七七四十九座白炭窑,烧制白炭,并在每座炭窑头埋上一口七石缸(最大的陶缸)装满水,这下果真就把姚家坟的"龙"地给破掉了。通过三年烧炭,溪水变成血红色,当时人称"龙血"。后来,姚家只出了一个大面(演戏的花脸)。"龙"地被军师破了,但当地老百姓因烧炭很快富了起来。

讲述者:周连根 男 79 岁 初中 农民 昆铜乡铜山村石门

采录者:舒畅

采录时间:2008 年 6 月

阴阳河与梅溪酱油

提起安吉酱油,要数梅溪最出名。据说八仙之一的铁拐李,有一次驾着神鹰路过这里,俯视溪水,清澈见底,十分留恋,就从神鹰背上飘然而下,一瘸一拐地来到溪边,伸下烂腿洗了起来。溪水经他一洗,竟有半边浑浊了。当他洗好烂腿,回头一看,神鹰不见了,却变成了一座山。铁拐李甚是恼火,无奈只得伸手从树上摘下一张桐叶,铁拐李跨上桐叶,一阵风便上天去了。

那天,刚巧酱油坊伙计在担水,见溪水与往日不同,一边清、一边浑,界线很分明,而用此水酿的酱油,色、香特别好,尝一尝味道赛过往常,让他百思不得其解。

第二天一大清早,有个素不相识的小姑娘来店堂买酱油,她拿出一个不过能装三四斤酱油的葫芦,却硬叫老板打九九八十一斤。老板打了几斤,见葫芦已满,叫她换一样东西装,小姑娘却说:"不要紧,你尽管打好了!"老板打了一斤又一斤,只见葫芦满了又浅,浅了又满,很是奇怪。当他打到八十一斤的时候,葫芦不满不浅,刚刚平口,姑娘如数付了钱。老板正为这事疑惑不解,待缓过神儿那姑娘早已不见踪影,只见柜台上留了张字条"我非别人,乃中八洞神仙铁拐李是也,看你生意清淡,故在河中洗脚留香"。老板才如梦初醒,难怪姑娘要买九九八十一斤酱油。"八"原来是八位神仙,"一"就是八仙之一的铁拐李嘛!当他再看纸条时,上面的字已不见了,成了张白纸。他把此事一说,那个担水的伙计,把昨天有人在河里洗脚的事说了出来,两相对照果真对上了。

至今在梅溪段的溪水里,还是一清一浑,十分明显,所以人们叫它"阴阳河",也称它"清浊分"。梅溪不仅酱油特别好,而且在上街头真的有一座鹰山。

讲述者:沈启镛 梅溪紫梅社区
采录者:杨顺珍 尚亿琴
采录时间:1987年

梅溪"奇"谈

相传很久以前,梅溪是一片沙滩,是往来船只停靠的地方,并无人家居住。但是这里依山傍水,山清水秀,土地肥沃,渐渐地在这里定居的人多起来了。又不知过了多少年,这里就成了一个四乡闻名的乡镇。人们下地耕作,行船打鱼,男耕女织,安居乐业。

一日早晨,人们经过仙人弄,偶然抬头,只见前面那幢杂货铺楼房的坔墙①上出现了一个约有八仙桌面大的"奇"字,书法刚劲有力,笔画龙飞凤舞。

人们惊异地议论着:昨天这里还是雪白的墙头,怎么大清早谁在这墙上写出这样大的字呢?大家都想向店主问个明白。

谁知店主出来一看,也不禁脱口惊叫,因为他并没有请人在坔墙上写过"奇"字。

接着他告诉大家,昨天太阳落山时,有一个老翁来到店门口,他出于生意人的本能,忙笑脸迎上,与老翁搭话,谁知老翁并不买东西,而是上前问路的。当老翁知道这里就是梅溪时,只见他口中喃喃说道:"奇怪,往日一片荒沙滩,草舍茅屋三两间,今日这里成了人来人往的一条街。"只见那位老翁连连称奇,飘然而去,一眨眼就不见了。

大家听后,面面相觑,惊讶不已。可想而知,这个"奇"字无疑就是那老翁留下的。人群中不知是谁大声叫道:"那老翁莫非是位仙人了。"

有"仙人到这里来过"的传闻,很快传扬了出去,从此人们就把这条弄堂叫作"仙人弄"。

而那天确实有一仙翁路过这里,当他出了店铺,看到梅溪的变化,一时兴起,就打算在址墙上题上一首诗。

相传姜太公经常经过这条弄堂去溪边钓鱼,刚巧那仙翁在墙上写了个"奇"字,远远看见姜太公钓鱼回来了,就急忙隐去了,所以墙上只留下一个"奇"字,至今"仙人弄"和姜太公钓鱼站立的"浮石山"仍然可见。

①址墙:房屋的侧面墙。

四知堂的传说

相传古时候有位大臣杨震为官清正,两袖清风,做官的时候,办事公正廉明,还时常周济穷人。告老回乡后,家道十分贫寒,经常断炊。此事被玉皇大帝知道了,就派太白金星下凡察看,送一个小金菩萨给他。

太白金星化作凡人夜入杨府,找到杨震,在无人处送他金子,杨震死活不要。太白金星说:"为何不受?"杨震说:"我收了你的金菩萨,要被千万人骂,不就成了贪官了吗?"

太白金星听了哈哈大笑说:"这里没有旁人,只有你找二人,你不说,我不说,还有谁知道呢?"杨震说:"你说得好,现在不是有四人知道吗?"太白金星忙问:"还有哪二人?"杨震不慌不忙地说:"喏,你看,你知、我知、天知、地知,不是四个人知道吗?"太白金星听了,化作一阵清风去了。

后来这事被皇帝得知,赐杨姓堂名为"四知堂"。

注:此为民间传说,实际为杨震老友王密送礼。

讲述者:张宗绪 男 75 岁 农民
采录者:杨顺珍
采录时间:1987 年

旗杆石

在汪家村与何家边两村之间,有片山冈叫竹园里。竹园里中有块旗杆石,石上原有一面乾隆皇帝御赐的龙旗,上写"清朗乾坤"四个大字。人们过此山冈,三里之外就得文官下轿,武官下马;走出三里后才能重上马或轿。说起这汪家村与何家边,一没有皇亲国戚,二没有孝廉旌表,这御赐龙旗是怎么得来的呢?原来,这里发生过这样一件事。

汪家村有家大户,主人名叫汪林,喜欢结交官府。一来二去,就与知县汪荣认了干亲。仗着这层关系,汪家许多人都去县里衙门干事,有的成了典史,有的当了驿丞。虽然都不入流,但大小也算个官。所以人们流传一句话:"汪家官多,十八只顶子。"何家边也有家大户,主人叫何清。家中虽然无人做官,但是多年贩卖丝绸,善做生意,家境十分殷富。因此也流行一句话,叫作"何家钱多,十八缸金子"。

这一年,汪家的一位长辈"老"①了。为找坟山,请了一位风水先生,相中了竹园里的一块宝地。只见这里背山面水,大路朝阳,叫作"前有照,后有靠",把人葬在这里,必然荫佑子孙。于是选了吉日,破土筑坟。消息很快传到何家边,何清一听,大怒。原来,何清的老母年高八十,虽说身板硬朗,但终归是老架枯藤,说不准哪天就会驾鹤西去。寻思之下,何清在前些日子与原主商议买下这块宝地,契约交钱,就是昨天的事。何家刚买下的宝地,怎么转眼就成了汪家的坟山呢?何清急忙带了契单赶到汪家,与汪林论理。汪林问明来意,十分不快。心想风水先生在三天前就看中了这块宝地。你买地不就是昨天的事吗?况且坟地已经动工,如果停工换地,我这面子往哪儿搁?任何清磨破嘴皮,汪林就是一百个不答应。何清说道:"你就不怕我告你的状吗?"汪林冷笑一声,县大老爷是我干爹,还怕你来告我?命人将何清赶了出去。

何清回到家中,情知汪家在县里有靠山。可是你家顶子多,我家金子多,不信打不赢这场官司。第二天带上契单,来到安吉城中。请人写了状子,便去击鼓鸣冤。其实,这县大老爷正是汪林的干爹,昨天汪林已来县中将此事禀告。这就叫"胳膊肘都往里面拧",县老爷知道何清必来告状,早就想好了对策。当下升堂,接了状子。老爷百般规劝,让何清放弃契约,将宝地让给汪林。见何清不肯,县大老爷说道:"今日暂且退堂,本县要亲到现场踏勘问明案由,再作道理。"何清心想:"哪有猫儿不吃腥?老爷定想索要金银。"回到旅店,让人挑了金银礼盒,悄悄送到县衙。衙役报知老爷,老爷带话,叫何清明天再来告状,何清心中暗喜。第二天击鼓,老爷升堂。劈头盖脸就是一句:"大胆何清,竟敢贿赂朝廷命官。人赃俱在,打你五十大板,轰出衙门!"可怜何清正应了那句老话,叫"赔了夫人又折兵",还挨了五十大板,一瘸一拐回到家中。

谁知这何清也是个拗脾气,自家买下的坟山,难道就这样被汪家抢了去?有理走遍天下,我就不信天下没有讲理的地方。十多天后,伤也好了。带上契单与金银,来到省城。东探西访,打听到省城最有名的讼师姓何,却是本家。何讼师精通律例,为人耿直。凡他接的案子,写了讼状,十堂九胜。何清寻到何讼师家中,把事情原委一一道明,送上金银。何讼师道:"既已买下坟山,这坟山理当是你的。只是我家有要事,无心起诉。"何清急问缘由。原来何讼师有个儿子,一年之前不知患了什么病,咯血不止。遍请郎中,却因缺少奇药,难以治愈。卧床不起,如今已是奄奄一息。何清问:"是什么药这么难找?"讼师说叫作"婆婆生子草"。正巧何讼师家中有部《本草纲目》,翻来看了。何清见图一惊,这不是"鸟不踏"吗?我家山中就有。何讼师说:"果真?"何清道:"是不是五月开花,六月结果。果是红的,还能吃?"何讼师说:"正是。你采些来看看,如是此草,我的儿子就有救了。"何清急急回家进山,采了"鸟不踏"草。再到何讼师家中,请郎中验证,正是"婆婆生子草"。何讼师大喜,对何清说:"金银礼品你都拿回去。你是我儿的救命恩人,我还要感谢你呢。状子的事,就包在我身上。少则十天,多则半月,定有回应。"

何清回到家中,耐心等待。果然半个月后,只见大路上烟尘滚滚,远远一队人马,鸣锣开道,直奔何家边而来。怎么回事呢?原来是乾隆皇帝巡游江南,忽然心血来潮,要阅未审的状子。也叫"无巧不成书",皇帝一眼就看到了何讼师为何清写的状子。仔细一读,沉吟半晌,提起御笔。无奈状纸太小,就顺手扯过身旁的黄幡龙旗写了"清朗乾坤"四字。这还了得!乾隆皇帝看过的案子,还御批"清朗乾坤",怎能怠慢? 于是,道台大员亲自出动,来到安吉何家边。一来审理坟山之案,二来竖起黄幡龙旗。

后来结局怎样,不用我说。反正坟山宝地回归何家,汪家村与何家边两村之间竖起了这面龙旗。年长日久,改朝换代,龙旗早就不知所踪,山冈上只留下那块旗杆石。

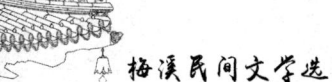

①"老",这里指逝世。

讲述者:赵德明 男 63 岁 初中 三山村人
采录者:尚亿琴
采录时间:2015 年 8 月

上篇　传说故事

仙凡奇闻

吴刚贪心上月宫

中秋的月亮又大又圆,如果你仔细看,就会发现月亮中有个人在砍树。这个人叫什么?为什么在月宫里砍树?这里有个故事。

从前,有个人叫吴刚。吴刚上无老,下无小,光棍一个,单靠打柴为生,饥一顿,饱一顿的,生活得很艰苦。中秋那天,天下起了瓢泼大雨,吴刚不能上山打柴了,就住在家里,对着自己的小院子,望着哗哗的雨水发呆。这时,院子里突然长出了一棵树苗。树苗在雨中越长越大,很快树干长到碗口那么粗了,树冠快把院子遮满了,吴刚很是惊奇。这时天放晴了,阳光在湿漉漉的树叶上闪闪发光。又过了一会儿,绿叶枝头唰的一下开满了金黄色的小花,一阵风吹来,一阵奇异的馨香,这股馨香沁入吴刚的心脾,吴刚揉眼睛仔细一看,哇,原来是桂花!他脑子转得飞快,桂花好卖钱,就立马开始摘桂花。这棵树也真够神奇的,吴刚刚摘完,它又马上开满树枝,可把吴刚乐坏了,想"这下好了,不用再花力气上山打柴过日子了"。这桂花树的桂花味道特别好,很好卖,而且四季常开,吴刚的日子就慢慢地好起来了。

当朝皇太后非常喜欢桂花。这年冬天,她病了,病得很厉害,起不了床了。御医们一个一个走进来,一个一个叹着气走出来。皇上非常着急,皇太后对病床前的皇帝说:"儿呀,你要为娘的病好,只要找到一簇新鲜的桂花。娘见到桂花,闻到桂花香味,病就会好的。"皇上说:"娘,这寒冬季节,哪来桂花呀?"有个大臣说"陛下,吴刚家里有棵桂花树一年四季都开花。"

皇上一听,马上传旨,宣吴刚带桂花觐见。吴刚一看升官发财的机会到了,就赶紧砍了一捆带花桂花树枝献进皇宫。皇太后见到这新鲜的桂花,闻到这桂花的馨香,病真的就好了。皇上很高兴,就赏了吴刚很多金子,还给他封了个大官,从此吴刚过上了好日子,享受起荣华富贵的生活。

一年春风又一年,转眼又到了一年的中秋。这年的中秋皇太后的病又犯了,这次她真的是没法救了,眼看就要死了,她临死前对皇上说:"儿呀,娘最喜欢桂花,你叫吴刚把他的桂花树砍来,给我陪葬吧。"皇上马上传旨要吴刚把桂花树砍了,送进皇宫给太后陪葬。还应允封吴刚为丞相,赏黄金三千两。吴刚一听,乐得忘了东西南北,连夜回家去砍树。

吴刚砍着、砍着,突然听到有人在说:"吴刚太贪心了,我们看他穷得可怜,送他一棵桂花树,让他卖钱度日。不料他贪图官位、黄金,要把桂花树砍了去给皇太后陪葬,真气人!来,姐妹们,我们把桂花树带到月宫里去,让大家都能看到它。"吴刚抬头一看,只见一群仙女从天上飘下来。他慌忙爬上桂花树,躲进密密的树叶中。仙女们下来后,呼地一下把桂花树托起,飘飘悠悠地向月宫飞升而去。到了月宫,仙女们把桂花树栽下后,就奔广寒宫去了。待没有声音了,吴刚从树上爬下来,他东听听、西看看,看不到一个人,也听不到一点声音,害怕呀却不知道自己跟着桂花树已经到了月宫,但他想到丞相的官位和三千两的黄金,又举起斧子,他砍呀砍,就是砍不断这棵桂花树。

这棵桂花树到了月宫里,吴刚一年四季都在砍,也记不清多少年了,树不断,每年却只掉一片树叶,这片树叶飘到人间,变成一片金子沉入大海,凡人是得不到的。

讲述者:姚奉先 女 农民 梅溪镇小溪口人
采录者:尚亿琴
采录时间:1987年

张果老与彭祖

传说世上彭祖年纪活得最大,有八百多岁。有一天他自恃年纪最大,就在街上夸口:"我彭祖活了八百八,讨个老婆一十八,谁人有我年纪大,十七、十八妻子(老婆)让给他。"

这时正好张果老骑着毛驴打此经过,心想你彭祖吹牛,我不妨试试,接着就唱开了:"张果老后山头上一棵松,千百年一窟窿,自我记得事,窟窿套窟窿。"彭祖一听作难了,低头走回家,闷闷不乐。妻子见状就问明原委说:"不要紧,明天你莫出门,在家里歇着,由我来对付。"

第二天,张果老果真骑着一头毛驴来到彭祖家门口,进门只见一年轻貌美的小妇人,便知是彭祖妻子,就说起昨天之事。小妇人一听开言道:"天上天门是我开,梭罗(芍药)树儿是我栽,王母娘娘是我做的媒,张果小儿是我捡(接生)的胎。"

讲述者:杨步松 男 农民
采录者:杨顺珍
采录时间:1987年

关公与周昌的传说

关云长有勇有谋,而周昌有勇无谋,但是周昌武功高强,夸大的讲周昌是飞毛腿,日行千里夜行八百。关云长说周昌你腿上有毛如果将毛拔掉你跑得还要快。周昌真的将腿上的毛拔了,此后却再也飞不起来了跑不快了。他俩比武不分高低,关云长用计说:"你我力大无比,我拿一捆稻草能撂过墙,你拿一根稻草能否撂过墙,如能撂过墙,我随你摆布,如果撂不过去你帮我扛青龙偃月刀。"周昌心想,你一捆草能撂过墙,我一根草也肯定能赢你一捆草,关云长将一捆稻草撂过了墙,周昌一根稻草一撂,风一吹飘回头了。没办法,只好帮关云长扛刀了。称为"周昌无智扛刀一世"。关公死后被封帝称关帝。

讲述者:梁学文(1934年1月生人)男 农民 梅溪镇小溪口村
采录者:尚亿琴
采录时间:2008年

程咬金拜帅

程咬金拜帅子旗,高运(走好运),在他拜帅子旗的时候,呀

(赶巧)好起了一阵风把帅子旗抽(立)起来,他就做了皇帝。本来他有一十八年的皇帝好做的,他十八个月就把它坐了。为什么呢?他做了皇帝后就问手下的人,搞么事好?手下就说,过年好。好,他就天天过年了。初一到三十,月月是正月,这样你到我这来,我到你那去。搞过来,搞过去,吃啊喝的,搞了整整十八个月,也就从初一到三十地过了十八年喽。从此我们这里就有了过年正月里拜年,拜来拜去一直到正月底的习惯了。平时好吃的不舍得吃,要留到过年吃,好穿的也要留到过年穿。

讲述者:王新龙(1941年10月生人) 男 农民 梅溪镇梅溪小竹桥

采录者:尚亿琴

采录时间:2008年

天衣无缝

古时候,有个叫郭翰的书生,他能诗善画,性格开朗,喜欢开玩笑。盛夏的一个夜晚,他在树下乘凉,但见明月高挂,清风徐来,满院飘香。这时,一位长得非常美丽的仙女,含羞地站在郭翰面前。

郭翰很礼貌地问:"小姐,你是谁?从哪来?"

仙女说:"我是织女,从天上来。"

郭翰问:"你从天上来,能谈谈天上的事情吗?"

仙女问:"你想知道什么?"

郭翰说:"我都想知道。"

仙女说:"这可难了,你让我从哪说起呀?"

郭翰说:"人们都说仙女聪明,你就随便说说吧。"

仙女说:"天上四季如春,夏无酷暑,冬无严寒,绿树长青,花开不谢,枝头百鸟合鸣,水中游鱼可见。没有疾病,没有战争,没有赋税,总之,人间的一切苦难天上都没有。"

郭翰说:"天上那么好,你为什么跑到人间来呢?"

仙女说:"亏你还是个读书人,你们的前辈庄周老先生不是说过,在栽满兰花的屋子里待久了,也闻不到香味,在天上待久了,难免有些寂寞,偶尔到人间玩玩。"

郭翰问:"听说你已经当了牛郎的太太,后来被西王母强行拆散一年才能见上一面,有这回事吗?"

织女说:"不知道你们人间是怎么编排出来的,金牛星与我相隔几百万里,他有他的世界,我有我的生活,我还从没见过他呢,谈什么嫁娶,没有的事,你不必当真。"

郭翰问:"听说有一种药,人吃了可以长生不老,你知道哪有吗?"

仙女说:"这种药人间没有,天上到处都是。"

郭翰说:"既然天上多得很,你该带点下来,让人们尝尝,该有多好呀!"

仙女说:"带是带不下来的。天上的东西带到人间就失去了灵气,不然早让秦始皇、汉武帝吃了。"

郭翰说:"你口口声声说来自天上,用什么证明你不是说笑哄人呢?"

仙女让郭翰看看衣服,郭翰仔细看完,奇怪的是仙女的衣服没缝。

仙女说:"天衣无缝,你连这个都不懂,还称什么才子,我看你是十足的大傻瓜。"

郭翰听完,哈哈大笑,再一瞧,仙女不见了。

后人把天衣无缝通常用来形容文章作得周密完整,无懈可击,或做事非常圆满。

讲述者:涂光荣(1973年6月生人)男 农民 梅溪镇红庙村宗址二队

采录者:尚亿琴 刘恩才

采录时间:2008年

菩萨也要走运

一个乡镇上,有两个土地庙。一个在东头,一个在西头。东土地庙香火旺盛,初一、十五逢年过节善男信女送猪头酒菜,焚香祭祷,祈求祝福。但西土地庙就不同了,四周荆棘茅草,蛛网环绕,菩萨的脸上灰尘满面,不说香火,一年到头也得不到一点斋饭。于是,西土地奶奶与土地爷爷吵嘴道:"你看东土地庙香火多好,有吃有用,日子过得多好。你就是懒,不管事,你也显显灵、托托梦帮人家管管闲事,生活过好点多好。"西土地爷爷说:"我的运气没有来,怎能去管闲事?"由于土地奶奶的推逼,土地爷爷夜晚托梦给西头的懒汉。正好这个懒汉的老婆也跟丈夫吵,说:"你一年到头玩玩逛逛,不好好做活种田,你看人家吃不完用不完,逢年过节杀猪宰羊,多热闹多好,我们呢?冷冷清清,缺吃少穿,成什么家。"西头的懒汉刚巧夜里做了个梦,碰到西土地爷爷,西土地爷爷还跟他说了,叫他回家与老婆种田养猪,保证他种田丰收,养猪又肥又大。

第二天一大早,懒汉就买了香纸去西土地庙许愿,说:"土地爷,你若保我种田收成好,养猪发财,我过年用猪头三牲烧香了愿,给你的土地庙打扫修理。"

他回家与老婆发奋种田,养猪积肥,结果秋天获得了大丰收,鸡鸭成群,大猪肥壮。到过年时老婆与他打糕头(年糕)办年货,一直忙到二十九。老婆记起说:"明天过年,今年不是西土地爷爷保你,你哪有这好?还不到土地庙烧香了愿。"

懒汉忙得不亦乐乎,急忙拿条绳子,到猪圈将大猪拴着牵到西土地庙,往土地爷头上一套,说:"土地爷我没空,你吃吧!"就赶集去办年货了。回来时见猪把土地爷拖到路上,懒汉赶快把土地爷背到庙,放在座位上。

土地爷爷气呼呼地跟土地奶奶吵:"我说运气没到,你叫我显灵管闲事,你看,猪头香烟没吃到,弄得皮开血流,遍体鳞伤。"

讲述者:殷绍文 男 75 岁 农民 安吉陈坞村人
采录者:尚亿琴
采录时间:1987 年

两棵仙树的传说

安吉一中的旧址原是一座祠庙,叫"后山庙"。相传,庙前有两棵参天大白果树,几个人都合抱不起来。虽然它们的身子已空,但枝叶还是照样茂盛。老一辈的人都说两棵大白果树已经过几千年的修炼,变成了仙树。那棵白色的树,因为它专门劫富济贫,所以人们尊称"白老爷";而那棵黑色的树,因为专门使官僚地主生病,给穷人治病,人们尊称为"黑老爷"。

据说,有一个姓王的国民党军官兼安吉县长来梅溪游玩,一路上打家劫舍搜刮了许多金银财宝。一日,他到后山去朝山进香,路上碰到一位须发皆白,身穿白道袍的道士。老道士拦住他,冷冷地说:"你贪污受贿,搜刮民脂民膏,我要叫你的财宝变成石头。"说罢,一转身便没影了。那县长大惊,得知那道士是树仙,连忙赶回家一看,所有的金银玉器果然都变成了石头,他气得大叫,但又无可奈何。狗腿子们帮他想出了计策。

半夜,他们悄悄地来到庙前的两棵大树下,浇上油,点火烧了起来。说也奇怪,那火像浇上了灭火剂似的,刚点着就灭了。正在这时,那棵黑色大树"轰"的一下冒出一团火,只见一个身穿黑道袍的老道士怒气冲冲地站在他们面前说:"你这狗官,我要叫你全家都病死。"那伙人吓得大叫:"黑老爷来了!"不久,县长全家果然病死了。

这事轰动了整个梅溪,人人拍手称快,那些官僚地主们再也不敢为非作歹了。至于那两棵树,如今早已不知去向了。

讲述者:宋伯鑫 男 66 岁 农民
采录者:程益欢
采录时间:1987 年

桑榆俐伶

聋子搭棚①

一个姓张的木匠屋里比较大,比较新,在"文革"期间又都刷上了红标语。对面一户人家也想屋里打扮得好看点,就叫儿子也写上几条。

儿子说:我划勿直②。

老子讲:到对面张木匠师傅家借只墨斗。

儿子叫:张妈妈,问你借个墨斗。

张家妈妈说:在门角里养小狗。

儿子讲:你不要七搭八搭。③

张家妈妈说:作兴④有七只八只。

儿子讲:你耳朵有点聋。

张家妈妈说:作兴有两只雄的。

儿子说:你勿要跟我搭棚。

张家妈妈说:哎呀!我老头子在外头做木匠,捡了两块木边皮,搭只棚给狗困困。

儿子讲:哎呀!你个老太婆啊!

张家妈妈说:那只老狗啊,走出去了。

①搭棚:即打岔。
②划勿直:画线画不直。

③七搭八搭:答非所问。
④作兴:可能是,也许是。

讲述者:程荣春 男 农民 梅溪村
采录者:杨顺珍
采录时间:1987 年 7 月

"恭喜"和"还好"

过去(旧社会)重男轻女现象很严重,但凡人家生了男孩,亲朋好友来道喜总是"恭喜、恭喜";要是生了个女孩,道喜的人最多说声"还好"就罢了。

一个村坊上住有两份(户)人家,同时生了孩子,一家生了个男孩,一家生了个女孩。这两家人就应道喜人的话分别给孩子取了"恭喜"和"还好"两个名字。

再说"恭喜"的父母添了男丁,很是欢天喜地。把"恭喜"奉为"小太子",含在口里怕洋(化了),抱在手里怕重①。"还好"的父母就相反了,加上又被人家看不起,整天愁眉不展。实际上小姑娘倒是生得聪明伶俐,总让妈妈高兴。

一天"还好"高高兴兴地回家,妈妈问她今天做啥②噶③高兴?她说:"妈妈总是嫌我是女的,你快到街上去看看,吹吹打打的真闹猛④,还是四个'恭喜'抬着一个'还好'呢!"妈妈听后紧锁多年的眉头,这下总算展开了。

①怕重:不敢用力,怕伤着。这里比喻宠爱,不舍得管孩子。

②做啥：方言，意为为什么？什么事？
③噶：方言，意为这样，非常。
④闹猛：方言，非常热闹的意思。

讲述者：郑飞庭 男 农民 紫梅社区
采录者：杨顺珍
采录时间：1987年

才 女

从前有一农夫在田里种秧，一个客商骑驴从田埂上走，农夫一趟秧种到头，客商骑驴走到头。这使客商感到好奇，就问农夫："种秧哥、种秧哥，你出手噶快①，一天能种几万几千几百几十棵？"农夫听了一呆，开口说："先让我回家，算出明天答复你。"

农夫回到家里，就向其妻说起今天在田里遇到的这件事。妻子听了就说："你真呆，不好问他，驴笃笃、驴笃笃，你一天能走几万几千几百几十脚？"

第二天农夫又去田里种秧，正好那客商在那里等着，农夫就把妻子教的话说了一遍。客商听后心想：你昨天讲不出，今天就讲了，这里一定有原因。于是，就问农夫这是怎么回事，农夫就把回家后的事，灶家菩萨上西天——直奏了。客商一听，心想你有一个聪明妻子，肯定不简单，我要当面领教。便想出一个主意，马上摸出一锭银子，递到农夫手上，叫他回家买菜，明天到他家去吃饭，一要吃一千零九样菜；二要吃七样饭；三要坐一张无边无角的桌子。农夫一听就慌了手脚，赶忙跑回家去，埋怨妻子说："都是你惹的祸,就是办到那么多的菜也没有那么大的桌子,这如何是好?"妻子笑笑说:"先莫慌,明早我会应付的。"

太阳刚过头顶,客商便骑驴来了,只见堂屋里摆着一盘磨子,磨子中间放着一碗韭(九)菜炒千张,一碗绿豆烧稀饭。这一看客商就知道这个女人不寻常。吃完饭后,客商还不死心,还想试她一下。当时他牵着毛驴一脚跨在驴背上,一脚踏在地上说:"阿嫂、阿嫂,你晓得我现在是想上驴呢还是想下驴?"这时妇人正好送客至门,一脚在门槛里一脚在门槛外说:"大哥、大哥,你知道我是送你出门呢,还是不送呢?"

①噶快:这么快。

讲述者:郑飞庭 男 农民 紫梅社区
采录者:杨顺珍
采录时间:1987年

白字官司

有一天,天气晴和,师兄弟两人出门游玩。一路谈笑,来到一座古庙,大师兄说:"好一座'关(関)常(帝)庙'。"师弟说:"师兄错了,是'阚帝庙'。"二人争来争去,互不相让,想到庙里去问一下。一走走到香火旺盛的庙里,碰到一个小和尚,师兄弟二人便走上前施礼问道:"小师父,你师父呢?"小和尚回答说:"二位施主,不巧得很,我师父出门化'齐'(斋)去了。"师兄弟二人摇头而出。一抬头看见一位老先生,头戴西瓜皮帽,身着长衫马褂,戴一

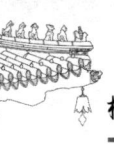

副老花眼镜,手捧水烟管,煞像一位老儒者。两人一见,为之一喜,忙深深一躬到地,说了刚才一路之事。只见老者捻须晃头,慢悠悠地说道:"这乃我儒门一大事矣!须得请教孔天(夫)子。"师兄弟二人听了哭笑不得,少不了又是一番争吵,到底还是师弟乖巧地说:"我们何不到县衙门去请教大老爷断断,他是我县的父母官。"

二人一路小跑,来到衙前使出浑身的力气击鼓,鼓声惊动了县官大人,即刻升坐大堂。命衙役将两个击鼓人带上审问,问过明白,大老爷洋洋得意,用扇遮面,哈哈一笑开言道:"关常、阚帝两相以(似),笑话和尚去做齐(斋);路上巧遇孔天(夫)子,本府不是苏东皮(坡)。"师兄弟俩一听,鼓着一肚子的劲,现在像漏了气的皮球,倒坐在地上。

聪明妇人的故事

一丑妇在塘边洗衣服,三个童生赶考路过,看见此妇人长得实在难看,就使起了顽童的性子说:"甲子乙丑","庚子辛丑","丙子丁丑"每人一句,说完刚要走。妇人忙起身招呼:"转来转去,还有一句请你们勿忘。"三童生忙问:"还有一句什么?"妇人道:"叫作'儿不嫌母丑'。"

讲述者:万熙 男 农民 78岁
采录者:杨顺珍

失印取印的故事

清朝以前,各级政府都有司(师)爷为首长出谋划策(由于司爷多为绍兴人,故称"绍兴司爷")。

封建王朝的官吏、文人都有风流艳史,喜好与歌女娼妓饮酒取乐。吟诗、弹琴、弈棋、书画,歌女蹁跹起舞以助酒兴。当时武昌城有一歌妓,年方二八,资质娟丽,美色绝伦,颇有文才,能歌善舞,窈窕可爱。而隔江汉阳县知县,青春年少,颇有文名,长得清秀英俊,甚爱狎妓饮酒吟诗歌舞之乐,与此歌女相识甚欢,常渡江往返娼家玩乐。而武昌府台也与娼女交好,图其美色,公余之空常相往来。如若不巧,知县去的时候而府台已经先到,知县只好退走回行。有时知县先来,府台后至,知县闻风往后门遛走回避。娼女虽嫌府台年老,但府台官高势大,无法拒之。而知县貌美年轻,风华正茂,又不能割爱弃之,进退两难的时候,只好在两者之间巧于应付。知县苦于心爱之人为上司所夺,无奈心生一计,待府台进娼家取乐时,趁机潜入府衙,将公堂府印偷走,想府台失印去官必走。

府台回衙,见府印被盗,魂不附体,终日愁卧,无法可想。与师爷相商,师爷知其内情,是知县所为,又苦于无证据,计上心来说:"不难,不难!"

府台照计行事,将衙后马棚点火烧着,急报火警。汉阳知县闻报,渡江救火,府台大人将印盘包交知县保管,知县即知中计,亦无法回绝,等火熄灭,只好把盗去的府台印不声不响放入印包,

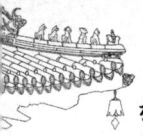

原封放在印盘,恭恭敬敬地交给府台大人。

府台得印,对师爷之谋赞赏不已,绍兴师爷也因此扬名。

讲述者:张宗绪 男 75 岁 农民
采录者:杨顺珍
采录时间:1987 年

无字情书

从前有个书生,为了生计,远离家乡,与年轻的妻子分别,从家乡河南下江南到熟人家当私塾先生。那时交通不便,没有水路坐船的地方,只好走路。相隔数千里,更没有邮政通讯,信只有拖人顺带。一晃几年书生与心爱的妻子没有相叙。离别之情,思念之情,又没有办法诉说。加之夫人又目不识丁,是个文盲。请人写,心中的思念话又不能说,觉得害羞。于是,夫人用短小的炭块,缠上蚕丝,放入信封,请下江南的人顺便带给她的丈夫。

这个书生收到信,拆开一看,没有信纸,只有一个小丝坨坨,解开抽了大半夜,抽完丝后见一小炭块,恍然大悟。"丝"同"思","炭"同"叹",取"长丝短叹"之义。年轻妻子多年的离别苦,无法排遣的惦念全在其中。

讲述者:雷少堂 男 76 岁 农民
采录者:杨顺珍
采录时间:1987 年

巧分牛

从前,有一个人有三个儿子,家庭虽不富裕但也不穷。此人最为满足的是养了十七头牛。

过了几年,这个人要死了,临终前他对三个儿子说:"家里别的也没有什么好分的,唯一像样的是十七头牛。那十七头牛是我精心饲养大的,就给你们弟兄三人吧。老大得一半、老二得老大的三分之二、老三得老二的三分之一。你们分时,一不可作价买,二不可杀了分,这十七头牛你们弟兄三个就照我说的办吧。"说完这个人就死了。按十七头牛老大得一半,十七除二难得整数,半头牛,老大不肯让,老二和老三更不肯让。为此,兄弟三个总是争吵不休,大动干戈。这下可急坏了母亲,就令他们去把舅舅叫来,让舅舅帮忙分牛,舅舅听了兄弟三人的口述后,一时拿不定主意,就说:"让我回去想想,明天再来跟你们分。"第二天早上,舅舅牵了头牛来了,说我贴你们一头牛,你们分吧。十七头牛加舅舅给的一头牛共十八头牛,按父亲临终前的分法则老大得九头牛,老二得六头牛,老三得二头牛,这样一分,结果多出一头牛,舅舅的那头牛还是多出来了,就让舅舅牵了回去。

假如按四舍五入的方法,也解决不了,半头牛各不相让,舅舅就用补数法,巧妙地将牛分了下去,堵住了三人的嘴。

讲述者:傅华意 男 农民 梅溪镇小溪口村上赵
采录者:尚亿琴
采录时间:1987年夏

胡子吟诗的趣事

两个老先生,喜吟诗作赋,日相往来,交情甚好,二人吟诗作赋,怡然自乐。一日春光明媚,风和日丽,鸟语花香,二人携手郊游,走到一石桥上,远望山峦青葱,桥下流水潺潺,鱼儿水中畅游为乐。颇有诗情画意,一老会心地吟出一句:"二老携手过桥西。"另一老随口接着吟:"两行胡子一样齐。"正当思考吟下一句时,不料溪边有一村妇在桥下浣洗,听到吟诗,向上抬头一望,是两个老头子,张口即吟:"你吟胡子侬也有,可惜命薄生得低。"两个老先生听了便吓跑了。

讲述者:章世奇 男 75 岁 农民 独山头
采录者:杨顺珍
采录时间:1987 年

贪小的财主

相传,在梅溪的一个小山村里有一财主人家,十分贪小。

有一天,来了一个鹤发童颜的老人,白胡子一直拖到地上,他是个神仙。他对财主说:"听说你很贪小,对吗?"财主答道:"是的,师傅有何指教?""跟我去龙云山学习做人的道理。"财主只得跟老人去了,同时他的师兄弟十几人也一起前去。

眨眼间,三年已过,学期已满。这天老人对他们说:"你们可以下山回家了,可是千万要注意,人家是人家的,自家是自家的。"师兄弟异口同声地说:"记住了。"他们几个就一同下了龙云山。师傅想试一试徒弟是不是不贪心了,就在几人要经过的路上的一根树枝上挂上一条珍贵的猎皮,这条猎皮闪闪发光,人人见了都想要。

大师兄见了猎皮想拿,可想起了师傅的话就走了过去,其他几个师兄弟也都走过去了。只有这个贪小的财主没有听师傅的教导,假意说要拉屎,一会儿师兄弟们都走光了,他拿下猎皮披在身上得意地回家了。

其实他已经变成了猪,自己还不知道,喜滋滋地回到家里。他的老婆与儿子看到一只猪来到家里,就立即把猪藏了起来,想占为己有。

几天之后师傅来了,他问:"你们家的财主回来了吗?""没、没回家。"儿子说道。师傅说:"可是我已经让他们下山回家了。"

"他没回来。"

"那里藏着的是什么?"

"没、没什么。"

"是猪吧。"

"是的。"

"把它拉出来。"妻子不肯,师傅叫了一声财主的名字,猪就出来了。他们一见此状就跪下来求师傅开恩,救救财主。师傅让他们不要贪小,他们答应后师傅念了一遍经,猪变回了人形,师傅慢慢地升上了天空。

从此这家人再也不敢贪小了。

讲述者：罗宝珍 女 55 岁 农民
采录者：尚亿琴 周杰
采录时间：1987 年

一叶障目，不见泰山

从前有个人，一心希望发财，哪怕是邪门歪道。一天，他从古书上看到"螳螂捕蝉时，先用树叶将身体遮蔽起来。谁有这样一片树叶，别人就看不见他了"的话，信以为真。就跑进树林，好不容易摘到一片螳螂用来隐蔽身体的树叶。谁知树叶落在地上，和其他落叶混在一起，分不出来了。他只好把落叶全部收起来，回到家中。

见到妻子，他拿出一片树叶，遮住自己的眼睛问："你能看见我吗？"

妻子回答："看得见。"他换片树叶又问："现在看得见我吗？"妻子说："看得见。"这个人一片片拿出树叶，一遍遍地问。他妻子不耐烦了，就说："看不见了。"

这人很高兴。第二天来到集市，用树叶遮住眼睛，拿起东西就走，没走几步被人扭送到县衙。县官听说有人在光天化日之下偷窃，立即升堂。这个人把事情的原委说了，还掏出树叶交给县令。县令听了哈哈大笑说："你这蠢材，真是'一叶障目，不见泰山'。"

讲述者：涂光荣（1937 年 1 月生人）男 农民 安吉县梅溪镇红庙村宗址二队

采录者：尚亿琴　刘恩才
采录时间：2008 年

三个"死人"困觉①

话说有三个小伙子，常常挤在一张床上困觉。有一天，阴雨连绵，气候适宜，三个小伙子又凑到一块并且说："真是天助我也，又该美美地睡上一觉了。"这天，还不到掌灯时分，瞌睡虫便悄悄地爬上了三个人的身，不一会儿就哈欠连天，接着就直一个、横一个地躺下了。他们仨好似醉汉一般，醉汉还有个"酒醉心里明"呢！可这三个任凭你打铜锣也好，放鞭炮也好，都吵不醒他们，甚至将床抬着转个向也不可能使他们觉察。

半夜，一个小伙子的腿不知被虫子咬了，还是被蚊子叮了，只觉得痒得钻心。因要困觉，总是不想伸出手来抓一下。过了一会儿，痒得实在熬不过，他便伸手去狠狠地抓了一次。呀！真奇怪，尽管狠狠地抓，为啥半天不止痒呢？这小伙子迷迷糊糊地想，于是，他又用力死命地抓了一次。

另一个小伙子，他睡到三更天，尿胀了，痛不过，便蒙蒙眬眬地下了床，打开大门便撒了起来。这天夜里也真凑巧，天下着毛毛雨，屋檐边上滴滴答答地响个不休，小伙子以为自己的尿还未撒完，为确保困觉撒尿两不误，他便来了个两全其美，一边倚在门框上困觉，一边还在做撒尿的姿势，直到天明。

还有一个小伙子困得最好，一夜都未动一下。头一个小伙子抓痒不是久不见效，半天不止痒吗？原来抓错了人，可怜第三个小伙子的腿被抓得血直滴，而他呢还在呼呼大睡，你说他困得好不好？

①困觉:睡觉。困,方言为"睡"的意思。

讲述者:毛金明 男 荆湾乡政府干部
采录者:尚亿琴
采录时间:1987 年

亲家母

有这样两个亲家母,一个住城里,一个住在乡下,这两家是乡下的姑娘嫁到城里结为亲家的。

城里的亲家母眼高气傲,想自己是城里人比起乡下人自然高出一等,为表现得更文雅,说起话来总是咬文嚼字。

这天乡下的亲家母到城里来做客,她虽住乡下,但也嫌乡下土里土气,欣赏城里人的文雅派头,于是就想趁此机会学学他们的样儿,长点见识。因此,她遇事都要问城里的亲家母,看到法院审堂就问亲家母:"城里人管这叫什么?"城里亲家母回答说:"法堂。"看见一家发火烧,就问:"城里人叫什么?"回答说:"放霞光。"看见一出殡队伍问:"城里人把棺材叫什么?"回答说:"量人斗。"看见一沿街乞讨的叫花子问:"城里人怎个叫法?"回答说:"破絮裆。"乡下的亲家母玩了几天就回到乡下去了。

第二年,街上的亲家母盖房子发来喜帖,按规矩,乡下的亲家必须送副宗堂①给城里的亲家。请个先生来,一想城里人咬文嚼字,怎么写呢? 乡下亲家母就说:"先生,城里的文字眼我都记下了,我说你写。"

亲家今年造法堂,一年四季放霞光。

年年有个量人斗,代代出个破絮裆。

就这样送到了城里的亲家那儿去了,城里的亲家一看,赶紧卷起并藏了起来。孩子问为何不贴上,答曰:"你丈人送的珍品必须保存好。"

①宗堂:住房正屋供桌的上方挂的书画、对联称宗堂。

讲述者:傅发亿 53 岁 男 农民
采录者:尚亿琴
采录时间:1987 年

不知谁死谁人前

从前有个人家境贫寒,而他的妹妹手头却比较宽裕。正巧赶上点事急需用钱,他就想跟他妹妹借点钱。

这一天他到妹妹家,便跟她说了。

她妹妹就说:"我年纪大了,已经不管家中之事,全由儿子来管,你去问问我儿子吧。"

于是,他就去找他的外甥,说也巧,他外甥正好在堂屋椅子上坐着。他说:"外甥,我赶上点事要用钱,想跟你借点钱用用,开年就还你。"

一遍、二遍,外甥不答话,他就恼了,恼这外甥太无礼了。将拐棍在地上一捣:"借些钱给我听到没?"

他的外甥听了就慢腾腾地说:"舅舅,不瞒你说,我借钱给你有个条件,我出个对子,你必须答出。"

他心里着恼,并不答话。

外甥就出道:

> 人过七十古来稀
>
> 持着拐棍把头低
>
> 人怕风云霜怕日
>
> 寸长蜡烛有几时

他一听外甥出这样一个对子,非常生气,就说:

> 人过七十被人嫌
>
> 不知谁死谁人前
>
> 昨日我从大街过
>
> 二八佳人哭少年

说完气呼呼地走了。

过了新年,他的外甥真的死了,他的父亲翻他的账簿,看到他儿子出的对联,就说:"实在该死!"

讲述者:傅华义 男 59 岁 农民
采录者:尚亿琴
采录时间:1987 年

酒　　官

过去有个小地保专门好喝酒,地方中不管大小事,若不请他喝个酒,他到来不来①,对你的事情轻描淡写,有理也不支持。

老百姓晓得小地保有这个习惯,不管家里多么困难,有什么事情总是先把他请到家里喝个酒,今后有什么事的话也好说些。

不过,这个小地保,处理问题的能力还是有的,缺点就是好喝酒。有钱人家请得起,无钱人家请不起,请不起的有理变成无理,请得起的无理变有理,这样必然会遭到一部分人的反对。

有人到县官老爷那里去告他说:"我们当地有个小地保,专门贪吃贪喝,这个人有酒给他吃,无理变有理;没给他吃,有理变无理,是个赃官。"县官大老爷一听:"这还了得,明天就把那个小地保给我抓来。"

第二天,众人把这个小地保抓来,小地保一见大老爷忙说:"大人今天抓小人来,小人不知罪犯何条?"

县官大老爷说:"不知罪犯何条?整天贪吃贪喝、贪赃枉法还不知罪犯何条?专门吃老百姓的东西。"

小地保忙说:"大老爷,地方中不管大小事都要找我,无我不起,无我不落,我不去就搞不好。"

"看来,你处理问题的能力还是强的。"

"不敢、不敢,小人只是略知一二。"

"那好,既然你分解问题的能力强,那么今天我出一个问题让你解答。限你三日,如果在三日内解答不出,我就撤了你这个小地保,把你的屁股打烂。也就是说你没这个能力,自称其能,要受处罚。"

小地保听了县官大老爷的一席话,忙点头说:"请大老爷说吧。"

大老爷说道:"哪是人上人,哪是人下人,哪些是人,哪些不是人?"

这下可把小地保难住了,他说:"大老爷是人上人,小人是人下人。"

大老爷说:"狗屁,快快回去,想想好。"

小地保确实不知道怎么回答,回去后在家里急得直哼,他的老婆问:"你哼什么?"

"哼么事②?县官大老爷提四个问题叫我回答,若回答不出,不仅我小地保当不成,还要把我的屁股打烂。"

"哪四个问题?"小地保老婆问。

"县大老爷问,哪是人上人?哪是人下人?哪是人?哪不是人?哪是人上人,哪是人下人我倒可以说,大老爷是人上人,小人是人下人。但哪是人,哪不是人?我就回答不出来了。"小地保说。

小地保的老婆听了后说:"连这四个小问题都回答不出来,亏你还是地保,帮人家去处理问题呢。你给我去挖一坨泥巴来做个泥巴呆③,画上鼻子、眼睛把它晒干,明天早上把它放在怀里去见大老爷。大老爷问你哪是人哪不是人,你就把它拿出来。"小地保听了老婆的话,连夜把泥巴呆做好烘干,第二天一早就去见大老爷了。

到了公堂之上,大老爷问:"小地保来啦,我的问题答出来了吗?"

"小人已经想好了。"小地保恭恭敬敬地说。

"那你就说吧。"县官大老爷说道。

小地保说:"大老爷是人上人,小地保是人下人。"然后他就把小泥巴孩往大老爷公案上一摆说:"它到底是不是人,你说它不是人,它有鼻子有眼睛,有手有脚有嘴巴,跟人一样。如果说它是人,它又不会说话,又不能吃饭,又不能走路。你说它到底是个是人?"

"啊,啊,好!好!你这小地保还有点才学,回去以后再不要贪吃贪喝,要好好地为老百姓服务,好好地为老百姓办事,做事要公正无私。"

小人晓得了,我再也不敢贪吃贪喝了。

小地保一辈子爱喝酒,一天不喝酒就不能过日子。这一天,临回去前,自己拿了点小钱到小酒馆买酒喝,心想这总不犯法吧。喝酒的时候,他又把小泥巴呆拿出来放在桌子上,说:"呆、呆,我今天喝酒不能把你忘了。"他喝一口酒,就往泥巴呆头上淋一下,淋一下、两下不要紧,次数多了,小泥巴呆的鼻子、眼睛都塌了,小泥巴呆见水就花了。他又说:"呆、呆,你不喝酒还像个人,一喝酒就不像人了。"

①到来不来:很勉强,想来或不想来的意思。
②哼么事:哼,叹息声,为什么叹息。
③呆:孩子、人。小泥巴呆指小泥人。

讲述者:吴锦德 男 61 岁 农民

采录者:万传根

采录时间:1987 年

不是人屎(死)就是狗屎(死)

从前,有个小癞痢,在一个财主家帮长工。这家财主是个财迷心窍的家伙,还常常变着法子治小癞痢。

那是一个大年初一的清早。财主在除夕之夜守岁,又是燃放鞭炮又是烧香叩头,折腾了一夜都没有合眼。拜了天地、敬过祖宗后就匆匆忙忙地叫醒了还在睡梦中的小癞痢。财主心里想,今天是大年初一,为讨彩头,图个吉利,得叫小癞痢到柴火房里去抱柴火,抱柴、抱柴,谐音是"财"呀,像小癞痢这个穷光蛋都抱来了财,那我今年发财就会发得不能动啦。财主心里的如意算盘是这样打的,于是就这样逼着小癞痢去抱柴(财)。

可是,小癞痢早就晓得财主的鬼门槛①,财主肚子里有几根弯弯肠子在转,小癞痢是一清二楚。于是,小癞痢名义上到柴房里抱柴(财),实际上只是到柴房里转了一圈,然后两手空空地回来了。财主见状忙问:"小癞痢,你抱的财(柴)呢?"小癞痢不慌不忙、不快不慢地说:"柴房里尽是屎(死),不是人屎(死)就是狗屎(死)。"财主听后气得眼睛直冒金星,又是捶胸又是跺脚,脸像猪血泼过似的。

①鬼门槛:心思或主意。

讲述者:谢安珍 女 54 岁 农民
采录者:毛金明
采录时间:1987 年

秀才看报

从前有个秀才,不知道是旁人对他的尊称还是他本人的自封,不过有一点是无可非议的,方圆几十里的人都晓得他是秀才。

这位秀才斗大的字识不得几篓,但是,有个奇特的嗜好就是无论何时何地他都念念不忘摆出一副秀才的架势。

一天,他来到一座茶馆里,刚坐定,老板就为他敬了一道上乘的香茶,恰好在秀才对面也坐着一位品茶的客人。秀才急于表现自己,连忙从怀里摸出一张泛黄的报纸,摊在茶桌上匆匆地看起来。不知道过了多久,对面座上的品茶人发话道:"先生(指秀才),你把报纸放倒了。"可秀才却面不改色心不跳,并悠然自得地回敬道:"先生,这张报纸我是特地拿给您看的,原来您没有看啊?"

采录者:毛金明
采录时间:1987 年

打茶壶

"一个刚过门三天的新媳妇就打碎了一只白茶壶",这消息像长了翅膀一样不胫而走。"这家小媳妇也太不贤惠了"。不明真相的村民们都这样评论着、责怪着。这个不大不小的村庄一下子沸腾起来了。究竟是怎么一回事呢?

原来事情的经过是这样的,这个村庄上的村民多半是本地人,我们要说的这个庄户人家当然也不例外,而这家讨来的新媳妇却是个河南人。由于新媳妇听不懂当地方言,于是就闹出了一个令人捧腹的笑话。

那天晌午,新娘子的阿婆娘娘①叫她把一只白瓷茶壶拿到塘里去汏汏②。新娘子很纳闷,她简直不相信自己的耳朵,一只蛮好的茶壶做么事③要打掉?话到嘴边,苦于婆婆对媳妇有绝对的权威加之婚后才三天,新娘子也就没细问,只好拎起茶壶来到池塘边上,她对着茶壶左瞧右看,心想:此地也很可能有这样的风俗,为了往后过日子图个吉利,婚后第三天婆婆一定要叫媳妇打一只茶壶讨彩头。但是一只好端端的白茶壶怎么狠下心来打掉呢?讨彩头还不是意思意思,这个婆婆只顾讨彩头也不挑一只差一点的茶壶让我打,非要把这么一只漂亮的茶壶打掉,多可惜。新娘子呆了好一会儿,愣了好一阵子,最后她还是放下茶壶,站起来,鼓足勇气决定回去问问婆婆再作打算。于是,她三步并作两步地往回走,还等她跨进门槛,只见婆婆站在门口,好像是在等她。"茶壶汏过啦?"婆婆不轻不重地问。"没有。"新娘子显得很难为情地回答。她心想:心灵手巧的我,在娘家是里里外外一把手,今天婆婆叫打个茶壶都打不了,日后怎么能当家理财过日子?再说,茶壶打不了事小,婆家人说我不懂道理事大,日久天长,岂不被旁人笑话?"快去汏呀。"不知道是婆婆在催促还是在责备,她顾不得看婆婆的脸色,转身又三步并作两步来到池塘边。新娘想:看来婆婆是下定了决心,一定要我打碎只茶壶,而且要快点打。她生怕婆婆跟到塘边上,再次催她,于是,她急忙举起茶壶对准一块青石板,闭上眼睛,死命地将茶壶狠狠地摔了下去,终于完成了一项她认为对得起婆婆的任务。

打过茶壶后,新娘子慢腾腾地回到家中,心里可舒坦了。不等她坐定,婆婆问:"茶壶汏好了?"新娘子回答说:"打好了。""茶壶呢?"婆婆问。新娘子又急忙在家中找了一只畚箕,来到塘边,将散落在青石板上的茶壶碎片,一块块地装在畚箕里,拿到家中让婆婆看,婆婆一看,老半天都说不出一句话来。

①阿婆娘娘:婆婆,新媳妇老公的妈妈。
②汏汏:音 dà,洗一洗的意思。
③做么事:为什么的意思。

讲述者:姚亿荣 男 45 岁 荆湾乡干部
采录者:毛金明
采录时间:1987 年

麻 人

"哟,这只大(辣)椒好辣。"可苏北人则是这样说的:"我的个乖乖,这个大(辣)椒真麻人。"而"麻人"这两个字拿到当地来说,又通常是指代麻肉或难为情。

话说一个苏北人老王,那年正月刚过完,老王便帮一家当地人捻河泥。老板娘既贤惠又好客,早饭桌上就摆满了腊鱼、腊肉、腊鹅之类的腊货。因为老板娘非常清楚,夹泥巴是重生活①,为了确保苏北人老王吃饱吃好,吃得开胃,以便好干活,她把碗碗菜都放了不少辣椒,可老王怕辣,吃后就对老板讲:"桌上这几碗菜真麻人。"老板听后忙对娘子说:"也不看看人,老王帮我们夹泥巴就烧这么几碗菜,老王都讲:'真麻人',中饭菜多烧点。"老板娘听罢直点头。中饭、晚饭桌子上的菜摆成叠罗汉一样,可一门不变,碗碗菜里的辣椒放得一次比一次多。晚饭后,老板问老王吃饱了没有?老王边摆手边摇头说:"早饭的菜麻人,中午的菜麻人,夜饭的菜还是这么麻人。"

①重生活:这里指劳动强度大,是重体力劳动。

讲述者:姚亿荣 男 45 岁 荆湾乡干部
采录者:毛金明
采录时间:1987 年

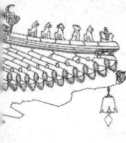

酒鬼与爱妻

话说很早以前,在杨店胡北湾有一个出了名的酒鬼。有人给这位酒鬼计算过,他一生喝了约两万余斤酒。不过,有一点还好,凡酒鬼都爱酒后依风作邪,借酒发挥乱打老婆一通,而我们要讲的这个酒鬼在喝过酒后,非但不打老婆,还格外地疼爱老婆并热乎一番老婆,这是何故呢?

大千世界,无奇不有。原来,酒鬼与他的爱妻曾有过一个"约法三章"。妻子规定酒鬼家中无客不得饮酒,酒鬼则要求妻子家中有客定做佳肴,以便下酒。酒鬼的妻子是位既贤惠又会侍候丈夫的好心女子,她立此规定的本意是怕丈夫饮酒过度,有害身体,而丈夫酒鬼呢?有菜有酒便是娘,为图嘴巴快活,只好委曲求全了。不过他心里老是拨弄着小九九①,尽想着歪点子来引他老婆做好菜,过酒瘾。

有一阵子,酒鬼家中没有一个客人来。一天上午,酒鬼的酒瘾犯了,实在忍不住,犹如疯子,便搬起一块大石头放到三岔路口上坐了下来,他左等右等都不见有一个行路之人。快到晌午了,他见有一青年汉子正朝他走来,真是天无绝人之路,他喜出望外,拉起那位青年人的手,一边喊"老表",一边就往家中拖。青年人不知何事,心想:我哪来这么一位老表呢?酒鬼不管三七二十一,左一声老表,右一声老表,忙招呼妻子"家中来客了,这是我多年未见的老表"。意思是说"今朝总要做好菜下酒了吧"。酒鬼怕妻子怀疑,又补充了一句:"那年我到老表家去,他还在穿开裆裤呢。"这句话同时也安了那位青年人的心。

青年人呢？同酒鬼既不是近房老表也不是远房老表，原来是一个打远路来的陌生人，他正愁前不靠村后不靠店，没有地方吃午饭呢！听说要请他吃饭，也顾不得是不是老表，只顾面皮老老，肚皮饱饱，不再推辞了。说话间，酒鬼的妻子连端了三碗菜，一壶白酒，酒鬼见了像久旱逢甘雨，忙起身，抢着斟酒。

"老表，来来来，喝喝喝，吃吃吃。"酒鬼一边说，一边喝，一边吃，连饮了两杯。在厨房做菜的妻子见了，火不知从哪儿来，因家里有客，为护着丈夫的面子，她只得忍了又忍。而这一切与酒鬼同桌吃饭的青年人全然不知，蒙在鼓里。

"老表，来来来，喝喝喝，吃吃吃。"酒鬼一边说，一边吃，一边喝，又连饮了两杯。在厨房里的妻子见了忙举起拳头，咬牙切齿地对着丈夫，做着要打的动作，而酒鬼却不以为然，他晓得妻子不会当着客人的面打他的，于是忙对那位老表说："老表，慢慢喝，慢慢吃，你看，你表嫂没菜，还把拳头大的鸡杀了，让你下酒。"妻子听后，只得暗自叫苦，杀鸡去了。

"老表，来来来，喝喝喝，吃吃吃。"酒鬼一边说，一边喝，一边吃，酒鬼又干了两杯，妻子又用巴掌对着酒鬼做了个打的动作。酒鬼眼珠子一转，又发话了："老表，慢慢喝，慢慢吃，你表嫂还在破大鲫鱼，让我们好下酒。"妻子听后，碍于面子，只得又暗自叫苦，照办去了。

"老表，来来来，喝喝喝，吃吃吃，你表嫂把鱼烧好端上来了。"酒鬼又连饮了两杯，妻子心里骂道："你你这个酒鬼，真不识相，上两回用拳头、用巴掌做了打的动作，全被你占了便宜，这回可不能让你捞到好处了。"于是，她操起一根擀面杖，对着丈夫做了个打的动作，酒鬼又钻了空子，说："老表，慢慢吃，慢慢喝，你表嫂刚才杀了鸡、破了鱼，现在又要擀面给我们吃了。"妻子听后，又只得照办了。

那位青年人经不住喝长酒,喝了两杯便想告辞了,可酒鬼知道青年人只要一走,他就少不了要被老婆一顿饱打,千言万语一再挽留那位青年人多坐一歇(会)。后来,青年人憋不住尿想方便,便出去了。酒鬼的妻子趁机跑到酒桌边揪住丈夫的耳朵往灶后拖。那位青年人方便后回来进门不见酒鬼,眼睛就朝灶后一扫,发现酒鬼双腿跪在地上,身子像筛糠似的发抖,就忙问:"怎么啦?"酒鬼却悠然自得地说:"老表,我们这里有个风俗习惯,饭后一定要拜一下灶王爷。"

青年人仿佛悟出来了。

①小九九:计策、办法。

讲述者:徐发富 男 43 岁 农民
采录时间:1987 年

"扒灰"的本意

从前有位老汉,他中年丧妻,既当爹又当娘,好不容易将四个儿子拉扯成人了,还娶回了四个儿媳妇。那是在一个大年三十的晚上,一家老少,欢天喜地,吃罢年夜饭,四个媳妇都将早已准备好的新衣服拿出来叫各自的丈夫换上,一时间房内屋外,有说有笑,充满了节日的气氛。老汉见此情景,心中悲喜交加,他悲的是二十年前就丧了妻,若是今朝老婆在世,也会像媳妇们待他的儿子们一样,亲手为他换上佳节新装的。可眼下他只有在一旁受冷落,想着想着,老汉不觉老泪纵横。喜的是由他一手支撑起来的家,老幼和睦,日子过得还算富裕,凭这点,有朝一日同九泉之下的老婆会面还可以有个交代,想着想着老汉又破涕为笑,于是他就独自到厨房里烤火去了。

说老汉是烤火倒不如说老汉是解闷,他复杂的心情一时很难平静。于是便用拨火棒在灰堆上顺手写下了"二十年前死了妻,为老今日多孤寂,若是老妻今还在,如同媳妇一样地"的诗句。

此时已接近半夜子时,家中原先吵吵闹闹、欢欢腾腾的场面渐渐地平息了下来。在厨房烤火的老汉写好诗句后,连读了几遍,所谓"借酒消愁愁更愁",老汉每读一句都要擦一下鼻子。为了解脱自己,他便抽身来到堂屋,点好香,又烧起了纸钱,以求全家老幼来年太平安康。

老汉的大媳妇是位朴实勤劳的村妇,平日她有个习惯,每天不管忙到多迟,晚间临睡前总要独自到屋前屋后、灶前灶后走走看看,以防有什么不慎。人年三十夜里她也像往常一样,仍旧到各处看看。当她来到厨房火堆旁见到灰堆上写有诗句,她就读了起来,读着读着,不禁也心潮起伏,于是顺手将诗句作了修改,以抒发她的内心情感。

老汉烧好纸钱,磕罢响头,转身又来到厨房烤火。他想擦掉原先在灰堆上写的诗句,发现被人改成了"二十年前死了婆,又当媳妇又当婆,若是婆婆今还在,哪像如今受折磨"。老汉看着读着,心中羞愧难当,悔不该刚才写了这么一段不三不四的话,而且又不知道他哪位儿媳妇看过改过。真是为老不正,老汉心里自己骂了自己。

这时已经是五更天,老汉为在除夕守岁,在厨房烤了一夜火。"笃、笃、笃"屋外传来脚步声,原来是村子里的一群孩子,他们个个都是馋猫,为了吃好吃的,结伴串门拜年讨东西。孩子们推门进屋齐声叫"大爷拜年"。老汉一时慌了手脚,不知所措。因为写在灰上的诗句还未擦掉,假如让孩子们传出去可羞死了。于是,他只好用手拼命地扒灰擦字。霎时间,厨房里搞得乌烟瘴气。孩子们见此情景不知道怎么回事,向来都蛮好的大爷一时不知为什么发疯了?孩子们东西也顾不得讨,没命地朝外跑,他们边跑边喊:"不好啰,大爷发疯了,大爷在扒灰……"

讲述者:姚亿荣 男 45 岁 荆湾乡干部
采录者:毛金明
采录时间:1987 年

"呆头"与闲话

从前,有一员外生下三女,长大后三女出嫁,大女婿是一位做官的,二女婿是一位有钱人家的儿子,唯有三女儿从小就聪明,结果却嫁给了一个呆头。这一年员外七十大寿叫三个女婿来家里吃饭。老大和老二都很高兴,老三却心里发愁,害怕自己的丈夫去了之后会吃亏。因为一直以来,老大和老二都看不起老三,三女儿就给点钱叫自己的丈夫到外面去学点讲话的本事。呆头丈夫就往外去了,刚到一座独木桥边碰到一老头,老者说:"独木桥,独木桥,叫我怎么跑。"呆头记住了再往前走到一田间,看到一老头在田里放水,一片田高,一片田低。老者说:"上半田清水洋洋,下半田浑水挂浆。"呆头记住了,又往前走,看到一老头在拉一头在田里打滚的老牛婆,一边拉一边说:"老牛婆打滚,四脚朝天。"呆头记住了,回到家后就去员外家吃饭了。

在酒席上老大和老二故意糊弄老三,发筷子时只给老三一支,旁边人看着发笑,只听老三说道:"独木桥,独木桥,叫我怎么跑。"老大一听,马上又给了他一支。倒酒时,老大、老二自己倒的是上等白酒,给老三的是差的黄酒,呆头一看就说:"上半田清水洋洋,下半田浑水挂浆。"桌上人一听心想人家都说他呆,他并不呆嘛。传到老丈人、丈母娘的耳朵里,便过来看看三女婿,因丈母娘走路不方便,不小心摔了一跤,只见老三过来一边拉一边说:"老牛婆打滚,四脚朝天。"老丈人在旁边气得给了他一巴掌。回家的路上,呆头还是不懂:妻子叫我学讲话,我没有讲错闲话,为什么还要吃巴掌?

讲述者:朱建成 男 84岁 初中 农民 昆铜乡上舍村
采录者:施玉和
采录时间:2008年7月

诸家边的姑娘不用看

诸家边距石门烧炭之地有二里路,诸家边百姓也跟着烧炭赚钱,有的做了包头,有的跑上码头,经过多年烧炭、卖炭,诸家边的百姓都富了起来,村中个个都成了财主。方圆十余里的土地都是诸家边财主们的。财产多起来了,家庭富起来了,儿女自然处于养尊处优的地位,儿子成为"公子哥",女儿成为"绣楼千金"。"千金小姐"当然是足不出户,穿金戴银,披红挂绿,整日藏身在绣楼上绣花刺朵,还有丫鬟侍候着,个个长得面如桃花,雪白粉嫩,亭亭玉立,像滴水的荷叶,含苞待放的花朵,个个长得好看。外地有钱人家的公子哥争着想娶诸家边的姑娘,久而久之,只要一听是诸家边的姑娘,就像是见了金字招牌,连看都不用看。

诸家边多数是大户(富裕)人家,家财万贯的多得是,如果能娶到诸家边的姑娘,她的嫁妆就多得不得了,还要陪嫁很多家产(田、地、山林),一个穷小子能娶上诸家边的姑娘,一生衣食无忧。但是诸家边也有个别丑姑娘啊!丑人有丑人福,娶一个诸家边丑姑娘,陪嫁财产则更多,足够你和孩儿辈享用,你说诸家边的姑娘还用看吗?

也有吃不到葡萄说葡萄酸的。外地有一个刁滑的老财主也想娶诸家边的姑娘做妾,一来可娶一个漂亮的妞,二来还可得到陪嫁的财产,他能不想吗?可等了三年也没排上队。诸家边姑娘原本就不愁嫁,怎么会嫁给比父亲还老的老财主呢?那老财主只能是白想一场,于是心里很恼火,就到处散布谣言说,诸家边的姑娘好吃懒做可不能娶,你若真娶诸家边的姑娘,那不是娶回一个娘子,而是娶回一个妈妈,娶回来后你侍候得了吗?诸家边的姑娘又足不出户,个个长得肥胖,走路要人扶,所以她们从来不敢出门给人看。头年老财主这么叫嚷着,第二年就有一个诸家边的姑娘嫁到老财主的村上,经大家一看,这姑娘美如天仙,老财主的嘴给封住了,再也不敢谈论诸家边的姑娘的美与丑了。以后,诸家边的姑娘就更有名了。

讲述者:徐国琴 女 43 岁 高中 农民 昆铜乡铜山村梅坞
采录者:舒畅
采录时间:2008 年 6 月

木匠捉弄富人

木匠和一个富人门对门。富人经常欺负木匠。一天,木匠为了报复富人,悄悄把富人家的大门砸坏了。富人没看见是谁砸的,只好叫木匠来重新做一扇大门。木匠说:"做大门需要好木料。"富人拿出一堆木料,刚刚够做一扇门。

富人整天在家里算账。木匠进来问:"门做好了,还要做什么?"富人以为还有剩余的木料,说:"做一扇窗户。"木匠把刚打好的门拆掉,做了一扇窗户,然后去问富人还要做什么,富人以为还有剩余的木料,说:"再做一个锅盖。"木匠把窗户拆了,做了一个锅盖。又去问富人还要做什么,富人说:"再做一个砂壶盖。"木匠把锅盖拆了,做了一个砂壶盖。最后,富人问剩余的木料还够做什么,木匠说:"可以做一个鼻烟盖。"于是他把砂壶盖拆了,做了一个小小的鼻烟盖。

一天,太阳快要落山的时候,木匠拿着鼻烟盖对富人说:"木料全部用完了,我们是好邻居,工钱我就不要了。"富人咧开大嘴笑着说:"我今后会考虑给你工钱的。你真是个好木匠,没有浪费一点木料。现在,你把大门、窗户、锅盖、砂壶盖、鼻烟盖全部交给我的管家吧。"木匠好像十分惊讶:"主人啊,你说什么,我用那些木料做好了门,问你还要做什么,你说做一扇窗户,但没再给我木料,我只好把门拆了做窗户,然后又把窗户拆了做锅盖;把锅盖拆了做砂壶盖;把砂壶盖拆了做鼻烟盖。瞧,鼻烟盖在这里。"木匠说完,把小小的鼻烟盖交给了富人。富人算进不算出,自以为占了便宜,结果吃了大亏。

讲述者:徐文龙 1939 年 5 月生人 梅溪镇梅溪村
采录者:王小凤
采录时间:2008 年

师娘与先生的故事

有个姓骆的老先生,因为他文采好,又有人缘,深得别人的敬爱。他有个姓陈的学生,读了几年书,十分聪明,骆先生非常喜欢他。待这个学生到二十来岁要成亲时,他父亲就叫他喊先生来喝酒。

这个姓陈的学生就来到先生家,先生正坐在家闲着,他对先生说:"先生,我要成亲了,父亲叫我来喊你去喝酒。"先生听了非常高兴,说:"到了那天我一定去。"

到了学生成亲这一天,先生来了。姓陈的学生和他的父母对骆先生非常客气,请他上座,到了晚上又留先生过夜。先生要回去,学生的父亲说:"你莫着急走,学生成亲,先生理应过一夜再走,再说新房隔壁的床铺都搭好了,还回去干啥?"先生也就不客气了,住了下来。

临睡时,新房内新娘和新郎说话的声音传了过来。
新娘说:"这么晚了,郎君怎么还不睡?"
新郎说:"我们这里有个规矩,接新娘子必须吟诗作对,对出了才可以同房。"
新娘:"我书读得少,请郎君的文章出得浅些。"
新郎:"我就打四个字,你能否猜出来?"

隔壁先生一听,学生要考新娘子,瞌睡也没有了,竖起耳朵贴在墙上好好地听着。

只听得新郎说:"第一个是,有头无脚;第二个是,有脚无头;第三个是,无头无脚;第四个是,有头有脚。猜猜这是哪四个字?"

停了一会儿,听得新娘讲:"有头无脚是'由'字;有脚无头是'甲'字;无头无脚是'田'字;有头有脚是'申'字。"

先生听了非常高兴,觉得新娘子与学生都不错,将来定成大器。

第二天早晨,先生喜气洋洋地告辞回家了。

回到家,先生对他娘子说:"我的这个学生非常出色,吟诗作对好得不得了,且学生讨的娘子也很聪明,将来一定有出息。"

先生娘子说:"何以见得?"

先生说:"哎,他们成亲那天,我去喝酒,晚上没有走,就睡在新房隔壁,他们吟诗作对,打字谜都被我听得真真的,真是天生地造的一双。"

先生的称赞使先生娘子非要先生把他们出的字谜说给她听听,也很想在丈夫面前显示一下自己。

先生说:"你怎么行,你不及他们的三分之一,你对不出来。"

先生越这样说,越发惹得娘子不服气,死缠硬磨叫先生说出来,先生没办法只得说了。

"我那学生打这样四个字谜让新娘子猜:第一个是有头有脚;第二个是有头无脚;第三个是有脚无头;第四个是无头无脚。你去猜猜这四个是什么字?"

先生娘子想了一想就兴奋地大叫:"有头有脚是'甲鱼'。"先生一听,觉得猜成动物,没有吱声。"有头无脚是'鳝鱼'。有脚无头是只'螃蟹'。"先生一听,气往上蹿。先生娘子继续喊道:"无头无脚是'蚌蚌'。"还得意地说:"官人我猜得怎么样呢?"

先生被她气坏了,一脚踢倒了娘子,并说:"笨蛋,叫你猜字,你猜些啥东西。"

先生娘子则哭着说:"官人说得不对,再来,生啥个气。"

馆子嫂的故事

有两个读书人,结伴进京赶考,这两个书生自以为不错。他们俩赶考,眼看天黑,来到一家店铺,准备住店。见一妇女洗头,便问:"大嫂,可是馆子嫂?"

妇女见二人便答:"正是,请问二位公子贵姓?住店否?"

两位公子想比比高低,显示自己的不凡,想考考馆子嫂,就说:"我们是弓长十八子,正是来住店的。"

"哦,原来是张公子和李公子,请进、请进。"

二人见馆子嫂一下子答出他们的姓,暗暗佩服,进得店堂,便问:"馆子嫂贵姓?"

妇女答道:"三点米撒下田。"

这一来二人答不上来了,闷闷地吃过饭就睡觉了。其实他们两人并非真睡,而是在猜这"三点米撒下田"是什么字。这一猜,一个晚上也没有猜出来。到了第二天一大早,邻居叫:"潘嫂子呀,起来烧早饭喽。"方知馆子嫂姓"潘"。

这一下,两人的骄气一扫而空,吓得不敢进京赶考了。

讲述者:傅华义 59 岁 男 农民 荆湾乡上赵村
采录者:尚亿琴
采录时间:1987 年

上篇　传说故事

风俗花絮

据说箍桶匠的祖师是女的

　　木匠祖师鲁班是个了不起的能工巧匠,盖高楼大厦,建玉宇皇宫、亭榭楼台、雕梁画栋,使人不再蜗居穴处,造福人类,人人称颂。可是他的老婆长年累月,日夜忙着家务,烧饭、洗衣、缝补等,总是觉得鲁班做的东西没有一样能为她所用。于是她拿了工具在房里偷偷摸摸地想心思,做出自己所需的盆、桶、盖等圆形的用具。这些用具拿来挑水、洗衣服、盖锅烧饭,又轻巧又灵便。鲁班看了惊异不已,佩服老婆的聪明才智。鲁班老婆后来成了箍桶匠工人的祖师。

讲述者:屠官福　男　85岁　老木匠
采录者:右铭
采录时间:1987年

盖房上梁披红的传说

　　在民间传统建房习俗中,有一项重要的仪式是"上梁礼",迄今在一些农村地区中仍流传。在上梁礼仪中,最重要的是"披红",即给梁木系红布,裹红绫,或贴红纸。据说此乃木匠的祖师爷鲁班所首创。传说,有两个木匠替人盖房,因一时粗心,把主梁的料下短了半尺。等上梁时,怎么也没法放稳妥。正万分焦急之时,来了一位老师傅,他拿起锯子,把大梁锯成两截,中间用木屑做成一样粗圆的一截接上再往山墙上一搁,不长不短,正好!为了把中间的破绽掩盖住,老师傅把身上的红布兜脱下来,往梁中间一挂。红布被风一吹,新上的梁显得格外喜气洋洋。两人忙跑下梯子向老师傅道谢,却找不到人影。后来才晓得他就是鲁班。从此以后,木匠们盖房时,都要在梁上披红,同时焚香祭祀,感谢祖师爷紧急援助的恩德,以及祈求祖师爷保佑上梁顺顺利利。

讲述者:沈冬生(1926年7月生人) 男 初小 梅溪镇板桥村
采录者:王芬

端午门前插蒿子、菖蒲的由来

端午门前插蒿子、菖蒲(臭草)是为消灾避邪。相传是神仙下界,想试试下界人的心,就变成一个要饭的老头,讨了好几家都没有讨到吃的,神仙很生气,想回去后降灾散瘟疫到人间。就在他回去的时候,看见一个女的带了两个小孩,她背着个大的、牵着个小的过河。他很奇怪,就问那个女的:"你为什么会背大的牵小的过河。这样小的不是危险些吗?也不合常理呀。"那个女的回答说:"小的是我自己生的,大的是我丈夫的前妻生的,他母亲不在了,我不能亏待了他。"神仙一听这个人蛮好的,降灾不能落在她身上。神仙就顺手拔了点草给那个女的说:"在农历五月初五那天插在门上,可以消灾避难。"那个女的回去就跟村上的人说了,从此以后这里的人年年过端午节门上插蒿子、臭草(菖蒲)。

讲述者:胡幼民(1937年3月生人) 男 农民 初小 梅溪镇小溪口村上姚队

采录者:尚亿琴

采录时间:2008年

蕊谷米的来历

湖州小溪口属越国地区,苏州吴江为吴国,因吴越两国经常交战,吴王阖闾与越国交战时越国用计谋打败吴国,越军射伤了吴王阖闾,阖闾临死之际对他的儿子夫差说:"一定不要忘记越国之仇。"

越王允常去世,儿子勾践继位。勾践要出兵吴国,范蠡说:"持满者与天,定倾者与人。"勾践不听蠡言,起兵攻打吴国。两国交战,吴国将勾践困在了"会稽山"。越王就派文种去向吴国宰相伯嚭送礼求和,伯嚭接受了,带大夫文种去见吴王。见吴王,文种叩头说道:"希望大王赦免勾践的罪过,把越国所有宝器都送吴国;如不赦免,勾践将杀尽他妻子儿女,烧毁他的宝器,率领仅有的五千人马和吴军决一死战,这样吴军即使杀了越王也一定会付出相当大的代价。"伯嚭趁机劝吴王说:"越王已经降服为臣,如果赦免他,这对吴国有好处。"吴王就答应了。伍子胥进谏说:"现在不灭了越国,以后必定后悔,勾践是个贤明的君主,文种、范蠡是贤良的大臣,如果让他们返回越国,将来一定会作乱。"吴王不听,最终赦免了越王,撤兵返回吴国。夫差要勾践留在会稽山,不准回越国。勾践在会稽山勤劳吃苦,深思熟虑,把苦胆悬挂在座位上面坐卧就仰视苦胆,吃饭时也要品尝苦胆。

勾践帮吴王养马称石屋牧马,睡在柴房梁上悬挂苦胆称卧薪尝胆。一边卧薪尝胆不敢懈怠,一边紧锣密鼓地想办法。

大臣范蠡想了个美人计,将西施送给吴王为妻,途中范蠡交代西施为越王效忠,去迷惑吴王想尽办法多帮越国说好话和做对越国有利的事。吴王好色见到西施有沉鱼落雁之美,早已失魂落魄,对西施是百依百顺,吴王整天陪着西施饮酒作乐,不理朝政,沉浸于美色之中。吴国大臣伍子胥劝吴王,吴王不听反要了伍子胥的命。

此时范蠡又生一计,在小溪口蠡塘一带要农民将稻谷用木蒸(大蒸笼)蒸熟晒干后送给吴国。范蠡送一批蒸谷米去吴国煮饭给文武大臣们吃,大臣们吃了向吴王说:"这米好,煮饭好吃。"西施趁机上奏吴王,说:"吴国农田要用越国稻种,越国的种子优良、产量高、米质优,请吴王答应用越国的稻种,来改进农业提高产量和质量。"吴王就答应用越国的优良稻种。范蠡把稻种集中在小溪口,由西苕溪运往吴国,吴王要大臣们将稻种分给吴国各地的农民播种。吴国农民将种子下种半月有余,不见种子发芽,农民就向上反映。西施向吴王进言道:"越国来的新品种,一时不能适应,过一段时间会出芽的。"吴王就下令再过一段时间,又拖了半个多月。这一拖就错过了农时季节,造成吴国农业一年颗粒无收。范蠡又将越国的蒸谷米送到吴国,分发给受灾的老百姓。吴国老百姓感恩戴德,越王因此得到吴国老百姓的爱戴,这为越国攻打吴国奠定了群众基础。

越国最终打败吴国"蒸谷米"功不可没,蒸谷米从此在小溪口一带流传下来。

讲述者:梁学文(1934年1月生人) 男 农民 梅溪镇小溪口村

采录者:尚亿琴

采录时间:2008年

乌米饭的故事

从前有个孝子,他的妈妈却很恶毒,死了之后被打入十八层地狱服刑。这个孝子想把祭品送到十八层地狱给他的妈妈吃,但是往往送到一半的时候,因为食物是白白香香的大米饭,都被一些饿鬼给抢去了,怎么也送不到十八层地狱去。孝子四处打听,打听到山上有种草可以让东西变黑,于是他就自己上山采了这种草在手里揉在嘴里嚼,结果第二天起来后,身体不但没事,手和嘴巴却乌漆漆的了。于是他想到办法,把这些叶子的汁水都揉出来,然后把米放到里面泡一个晚上,第二天起床后,用这些米煮出来的饭都变成黑色的了,他拿了送去给他妈妈吃,饿鬼看到这样的饭,都没有了争抢的兴趣,于是这些米饭就顺利地到了十八层地狱给他的妈妈。从此,每年农历的四月初八吃乌米饭的习俗也就流传下来了。

讲述者:徐永明(1954年8月生人) 男 农民 梅溪镇晓墅村高家浪自然村

采录者:高清

采录时间:2008年

马齿苋草是晒不死的

马齿苋草长在荒弃的杂草堆里,但是无论在怎样暴烈的太阳底下晒都是晒不死的,一定要用烧过的草灰拌在一起揉捏后才能晒死。这是为什么呢?

因为,相传在很久以前,天上有很多的太阳,晒得地上的人们都吃不消了,于是有一位神仙张弓搭箭要把太阳都射光射死。其他的太阳都被射死了,就剩下一个太阳,因为躲在了一大堆马齿苋草的下面才幸免于难。所以马齿苋草是太阳的救命恩人,太阳是不会晒死它的。

讲述者:尚福迁 男 57 岁 农民
采录者:尚亿琴
采录时间:1987 年

打蛮船的由来

传说明朝嘉靖三年天下大水,之后又是大旱,天灾严重,老百姓都没有吃的。走在街上到处都是卖儿鬻女,典妻卖身的场景:为了吃口饭活命,三十岁嫂子一顿饭就可以配夫妻,十八岁的姑娘只卖一吊钱,十三岁以下的女孩没人要,十三岁的男孩顶多就卖10个铜子儿。河南韩家湾人韩文举家里已是家徒四壁，无米下锅，他没办法，卖了幼子怕断了香火断了后，没人传宗接代，想来想去只好把娇妻卖。韩文举老婆相当漂亮，被江南粮贩子张湘莲看上便买了去。

张湘莲买了美貌女子安身在粮货船，卖粮去安徽，船行至江阴地界，韩文举娇妻止不住悲伤痛哭起来。恰好，韩文举娇妻的哥哥张武举运输漕粮船也来到此地。听到女子的哭声，感觉声音很是熟悉，便寻声找去，一见是自己的亲妹妹，询问情况后非常吃惊，就跟张湘莲商量赎要妹妹。张湘莲哪里肯。张武举赎要妹妹不成，索性一炮打散了张湘莲的船，抢回了妹妹。

有人要问了，张武举的船跟张湘莲的船相差很远，人又在船舱内，声音是传不到这么远的，张武举怎么会听到妹妹的哭声呢？原来是观音老母施的法，观音老母算到韩文举的儿子将来是国家的栋梁之材，要做大官的，他的母亲不应该受这样的苦，蒙受这样的羞辱。观音老母用扇子将韩文举老婆的哭声带风传到张武举耳朵里，这样才有张武举打船抢亲妹的事情。

回过头来，张武举一炮打了张湘莲的船，抢回了妹妹，这一仗就难收了。张湘莲朝堂之上有严嵩做靠山，他们狼狈为奸，合伙贩卖粮食，在米里掺砻糠、掺沙子、掺石子，赚的是黑心钱。张湘莲为报张武举"打船救妹"之仇，就央求严嵩发朝廷之兵前来捉拿并打掉张武举的船。张武举没了船，丢了粮就没有办法回去了。观音见状，迅速派四大金刚和八大仙人来搭救，并送一叶元宝似的小船助张武举和妹妹沿路乞讨回家。

为颂扬观音娘娘的善举，此船后来人们就叫它"打蛮船"。每到荒年，人们就以"打蛮船"的形式走出去乞讨谋生。小船下安一木头架，设有四条腿。四条腿有四大金刚轮值，三个时辰换一次，四大金刚分别是邓行、为托、崔文、罗满。据说四大金刚其中一个是个瘸子,到一个地方拜门子要找个东西支一下。小木船正前是一卦[①](布做的遮拦)、右边挂一锣一鼓,左上方放一小香筒,小船中间坐着观音菩萨。慢慢地"打蛮船"不仅是民间艺人正月里拜新年走街串户表演获取微薄收入的一种手段,而且成为民间老百姓喜爱的一种文化娱乐形式流传了下来。

现在打蛮船已经不再作为乞讨的行头,而是用作腊月正月间辞旧迎新、送福祝寿。有时小孩子摆"满月酒",打蛮船还是一种祈福避灾的"神器"。蛮船打到家门口,大人烧香来迎,还将孩子剃下的胎毛用红布包裹悬挂在蛮船观音神像旁边,并赠送财物若干。

打蛮船的另一种传说是:唐王李世民贴皇榜找能人救老百姓苦难,观音菩萨是揭了唐王李世民的皇榜到人间来救苦救难普度众生的,所以当"打蛮船"到了那户人家,那户人家就要给观音上香并烧纸钱。

①卦上有一对联,其意思为:拐李先生道德高,钟离磐石把扇摇;洞宾背剑清风客,果老骑驴过赵桥;国舅手执阴阳板,湘子云中吹玉箫;仙姑敬奉长生酒,采和花篮献蟠桃。

讲述者:盛之林 男 农民 独山头村 李世荣
采录者:尚亿琴

鸟兽鱼虫

狗与猫的矛盾

从前狗和猫是好朋友,现在它们为什么会成为仇人呢?

据说,很久很久以前有一户人家,家里很穷,靠打猎为生。由于打猎的需要,家里养有一狗、一猫。有一年大旱,草木枯死,颗粒无收,十室九空,这样很难再看到野兽的踪影,起初还能打几只,后来就更难了。这年的大年三十,他在外找不到猎物,想着过年总不能让全家空肚子,希望捕些小动物填填肚子,于是就在山上徘徊寻找,可是天快黑了还是没有打到猎物。他正焦急万分时,跑来了一只山羊,他举起猎枪,对着山羊打了一枪,打折了山羊的腿。他想再打一枪,这时山羊开口了,说:"别害死我,我会让你要什么就有什么,如果你不相信,你可以把我拴在这儿,你先拿了我的项圈回去试试,若是真的你就来放了我。"他半信半疑地把山羊拴好,拿了项圈回家一试,果然是真的,就赶快回来将山羊放了。猎手因得了这一宝圈,全家人过了一个丰盛而又愉快的新年。

新年里,家里来的第一位客人就是他远房老表,这老表家很富裕,但他生性懒惰。主客围着火盆谈天,到中午了,老表见他还是没有烧饭之意,就转弯抹角地催他。他装着听不懂,还是陪他说笑,到了吃中饭的时候了,客人实在有点着急,然而主人却不慌不忙搬来桌子,放好凳子,放上那只项圈一敲,只见桌子上立刻上了好酒好菜。老表并不客气，大吃大喝了一顿，打着饱嗝问："老表(互称)，你怎么会得此宝贝？"他就如实地对老表说了一遍。老表听了，非常羡慕，顿起歹心，心里盘算着怎样把这宝圈弄到手，但嘴里却一个劲儿地说恭维话。最后，老表表示希望能借来一用，回家去试试，并一再表示一定奉还。

猎人相信了老表的话，把宝圈借给了老表，可是这个老表拿去很多日子了，也不见他来还。猎人家里的日子又无法维持了，只得去讨。可是老表连家门都不让他进去，看来宝圈是无法要回了。这时，忠于主人的狗和猫就商议了，决定想办法抢回宝圈。狗说："我在外面，你进去躲在屋梁上，我在外面闹事，他们家里人来打我时，你就趁机抢了宝圈跑回来。"商量好后，它们就去抢宝圈了。狗和猫是吃中饭的时候赶到老表家的，老表在家正把宝圈放在桌子上向客人炫耀呢。只听外面有狗撕咬、狂叫的声音，不知道发生了什么事情，都跑出去，猫就趁机从梁上跳下来，衔了宝圈就跑。跑回到主人家，将宝圈交给主人，尽说自己如何勇敢去偷得宝圈，只字不提狗配合之事。主人非常高兴，对猫另眼相看。当狗一瘸一拐呜呜地来到主人身边时，主人误以为狗在外面闹事，大骂狗无能，夸猫如何勇敢，帮助偷回宝圈。猫却在一边洋洋得意，不替狗说一句话。狗知道主人为什么骂它，知道到底是怎么一回事了。猫因此得了主人的宠爱，吃饭可以上桌，睡觉可以上床，而狗呢？吃饭用破碗装剩饭，晚上也只能在门外边睡了。从此，狗恨透了猫。狗与猫有着不可调和的矛盾，只要是一见到猫独自在外面，狗就不顾一切追着咬它。

讲述者：黄家漠　荆湾乡干部
采录者：尚亿琴
采录时间：1987 年

蚕娘吐丝

古时候,天是青滋滋的,地是黄澄澄的。黄澄澄的地上有个住人的地方,住人的地方有三棵黄澄澄的大树。三棵黄澄澄的大树没有枝杈,没有树梢,只有碧绿碧绿的叶子,一片一片,一直长到青滋滋的天上。

青滋滋的天上有个穿青衣服的蚕娘,蚕娘长着人的面孔,龙的身子。头上有对乌黑乌黑的弯角,身上长着许多的手脚。蚕娘看看地面上的人呆(音 ai)笃笃的,吃着一棵大树上的叶子,便下来了。

蚕娘来到地面上,地上冷呀,冻得人吱吱叫,冻死了好多人。蚕娘看不下去了,吐出了一堆又一堆的丝,想为人挡挡风。哪想蚕丝轻飘飘的,东南风一吹,蚕丝飞得无影无踪。蚕娘急了,跪了下去围着人吐,吐一圈绕一圈,把人裹得紧紧的,再也冻不着啦。

有"猿"千里来相会 无"猿"对面不相逢

从前,在一座大山脚下住着一户人家,家里只有母子两人,他们一年到头靠卖柴过日子。

一年又一年,儿子慢慢大起来了,娘因为年纪老了不能上山砍柴了,于是,儿子便独自一人上山,春夏秋冬从没间断过。每天清早出门的时候,娘总要包一包冷饭给儿子带上,让他当午饭。这一天,小伙子砍了一上午的柴,肚子有点饿了,正当他手拿冷饭团子坐下来要吃的时候,突然看到身边一只毛茸茸毛色全白的小猴子,正眼巴巴地望着他手中的饭团子。小伙子见它长得蛮好,非常喜欢,就把手中的饭团子分了一点给它,那小猴子很高兴地把冷饭团子吃了。

从那一日起,每天到吃午饭的时候,那小白猴就来了,而小伙子呢,也总是每天把自己的冷饭团子分一点给那小白猴吃。一日又一日,天气越来越冷,转眼到了冬天。这一日,天下起雪来,小伙子见那小猴子冻得可怜,便索性把它带回家。由于那猴子生得怪,每天有很多人来看。就这样,这只小猴子跟小伙子的事就一传十、十传百地传开了,而且越传越远。

有一个专门收集珍奇动物的先生得知这只白猴的来历后,专门赶到小伙子家里,仔细看了之后,说这不是猴,是只举世无双的白猿,想用大价钱把它买下,小伙子死活不肯卖。后来这事被很远很远的一个财主知道了,他从老远的地方赶来,看到这只小白猿非常喜欢,一定要买下它,小伙子还是死活不肯。那财主想:人家出大价钱小伙子都不肯卖,我还得另外想办法把这只小白猿弄到手。他想了一会儿,就对小伙子和他娘说:"我们结亲吧,我有个相貌蛮好、聪明贤惠的妹妹,就许给你们家吧!"小伙子的娘想:儿子年纪也不小了,也该成亲了,今天有送上门来的好媳妇,真是件求之不得的好事。小伙子心里也非常高兴,于是母子俩便一口应承下来。

一转眼,成亲的日子要到了,那财主传过话来说要小伙子送一百样彩礼,要办有一百碗菜的酒席。母子俩想尽了办法,东拼西凑,总算备齐了彩礼。又想方设法做了九十九道菜,剩下的一道菜实在没有办法了,小伙子急得团团转。这时他一抬头看见了那只小白猿,也顾不得多想,就把它杀了做成最后一道菜。这时,财主带着妹妹的送亲人马到了,喜酒吃得热热闹闹。酒吃得差不多了,财主对小伙子说:"如今我把妹妹嫁给你,我们就是自家人了,你这小白猿让我带回去养几天吧。"小伙子一句话也讲不出,脸上一阵红,一阵白。那财主知道事情经过后,马上翻脸,带着妹妹回家去了。小伙子看着新娘子离自己而去,急得眼泪都流出来了。这真是:有"猿"千里来相会,无"猿"对面不相逢。

讲述者:陈祥发 男 50 岁 农民 高中
采录者:袁晓冬
采录时间:1987 年

半饥半饿的鸟

从前在一个村子里,有一个十分凶恶、手段毒辣又好吃懒做的寡妇,生了一个儿子,有三四岁了,被十分宠爱。她在外面收了一个只有十岁的童养媳。童养媳家境穷困,兄弟姐妹有好几个,父母二人给地主帮工,维持不了全家的生活,只好把她送给人家做了童养媳。

这个只有十岁的女孩到寡妇家做了童养媳,每天天不亮就要起来做饭、担水、洗衣劈柴,然后去服侍这个寡妇,端来洗脸水,服侍她吃饭,又得服侍小老公,给他穿衣、穿鞋、喂饭,抱他去玩耍。但她只能吃一些剩下的冷菜、冷饭,过着半饥半饱的生活。只要有一点事情没做好,或者小老公哭闹起来,她就得遭到寡妇的棍棒毒打,身上经常出现青一块紫一块,生活相当艰辛。

就这样童养媳每天干着繁重的工作,吃不饱,穿不暖,又饥又饿,还天天遭到寡妇打骂,不到两个月就病倒起不来了。恶寡妇还不肯罢休,逼着她起来做饭、洗衣、抱孩子……女孩终于在恶寡妇的棍棒下去世了。

寡妇用一张破席子把她裹了起来,抬到山上在荒草杂树下埋了。过了不久,每天早晨,村子里的人就听到这棵树上有一只羽毛长得非常美丽的小鸟,发出"半饥半饿"的叫声。

讲述者:陈玉山 78 岁 初中 梅溪镇甲子村
采录者:尚亿琴
采录时间:2008 年

十二生肖来历与排列

很久很久以前,凡间大量出现各种各样的野兽,而且都非常凶猛,互相残杀,扰乱民间,糟蹋庄稼,危害人民生命,闹得不可收拾。因此人们纷纷上奏玉皇大帝,玉皇大帝也感到如此下去不是个事,就召集一些有名望的神佛来商讨如何处置这些野兽。有些神佛提出干脆把它们消灭掉,有些提出谁最捣乱,最危害人民的以杀一儆百的办法来惩罚它们。这时,太白金星提出,这些野兽对人民生活也是不可缺少的,不能没有它们,我们应该想出办法来让它们安定下来,不再胡来,不扰乱人民生活。最后玉皇大帝让太白金星下凡。太白金星奉旨下凡,召集所有动物野兽进行讨论,让它们选出自己的代表,结果它们根据太白金星的指示,选出了牛、马、猪、狗、羊、虎、兔、鸡、老鼠、猴子、蛇、龙十二位代表。

太白金星把这些代表名单带上天去,经过诸位神佛的商讨后,决定在次年的正月初一早晨根据进南天门到凌霄宝殿报到的顺序来决定动物掌管年位的顺序。

到了正月初一这天,动物代表们都起了个早,一早就在南天门外排好队等候开门。只有老鼠又贪懒又贪吃,它睡足吃饱才匆匆赶去,到南天门外一看排了长长一行队伍,心想,我是最后一个了,就动起了歪脑筋,不声不响偷偷地来到前面在老牛的脚跟处俯卧下来,别的动物谁也没有觉察到。四点整南天门刚一打开,小老鼠向前一蹦就跳进门内。四大金刚立即站在门边让它们一个一个排着队进入皇宫。就这样,老鼠为第一个轮起,猪猡最后一个。

从此开始,人们就根据当年是哪个动物掌管之年,属相便是哪个动物。

讲述者:陈玉山 78 岁 初中 梅溪镇甲子村
采录者:尚亿琴
采录时间:2008 年

一窝金鸡

化家坞里面有一棵千年白果树,要七八个大人才能抱过来。传说白果树底下有个不起眼的洞,里面住了一只大金鸡,十八只小金鸡。树底下有间房子里住着一个赵胡子,虽然很穷,但他做人还是挺和善的。有一天夜里,他无意中看见白果树下金光闪闪,出于好奇,便走了过去。他看见许多鸡在这个洞里走进走出,数了一下共有十九只(十八只小的,一只大的)。鸡看见他也不逃,反而走过来蛮亲热的,赵胡子看它们好像很饿,赶紧回去将屋里仅有的一点点稻米端来给它们吃。回去后,赵胡子做了个梦,梦见金鸡对他讲:"善良的人你会有好报的。"第二天起来,他屋里以前住的破房子变成了三间两厢的瓦房,还有很多稻子,据说他不愁吃穿活到一百零八岁。从此以后,白果树下的人家都健康长寿,大人小孩都平平安安。

讲述者:赵祥林 男 84 岁 小学 农民 昆铜乡钱坑桥村中街 89 号

采录者:鄂淑芬

采录时间:2008 年 7 月

青龙盘米桶

相传在清朝同治年间,在一个偏僻的村庄里,传来了吹吹打打的锣鼓声,一大群人簇拥着一顶花轿向周员外家走去。说起这周员外早已去世多年,只剩下妻子和独子周贵。今天是周贵大喜的日子,花轿中的人乃是周贵之妻。只见她迈步走进内房,喝退了丫鬟佣人,便对周夫人说道:"奴婢有一事,不知能否告诉您?"周夫人说:"你有事尽管讲来。"

原来,迎亲队伍在一条山路边遇到了一条大青蛇,迎亲的人全吓得逃上了山,新娘在轿中发觉,喧哗的吵闹声消失了,轿子也不动了。于是,用手把轿帘一掀,哎哟,一条大青蛇横卧在路中间。她猜想蛇大概是受伤了。她壮着胆走上去拍了拍蛇身,蛇一回头,天哪,这哪里是蛇,分明是水族之王一条龙。她说:"龙啊龙,今朝是我的好日子,你能不能不来搅乱啊。"龙听了,点了点头,然后慢慢地缩小了,小得像条蚯蚓。她便把它裹在自己的裙子里,叫它别咬人。然后招手叫轿夫说:"你们下来吧,蛇被我劝走了。"于是轿夫们从山上下来了,才这么吹吹打打地来到这里。

"哦。"周夫人非常吃惊,继而说道:"老早我听说过青龙盘米桶的故事,说是如果将这青龙安置在米桶里,将有吃不完的米。""我们就将它放米桶里吧。"还真是如此,自从将新媳妇带来的青龙放进米桶后,米桶里的米是少了又多,浅了又满,有吃不完的米。周家再也不用为吃不饱肚子而发愁了,日子因此过得是越来越好。

谁知福运不长,竟败在一个婢女手上了。有一天,只剩周夫人的贴身侍女翠姑一人在家,其余全外出了。这翠姑是个馋丫头,专门偷米换油条、饼等东西吃,米自动少了又增,一直没被发现。这天,她见家里没人,米桶又没上锁,于是,她准备多偷点米换糖饼吃。她掀开米桶盖看见一支笋干,便掰下一片尝尝,啊,好腥!原来这笋干是青龙变的,怎么会不腥气呢?她这一掰,正好把龙身上那块宝鳞给掀了,这宝鳞威力可大了,既可呼风唤雨,又可作法变人。宝鳞一掀,等于说这条龙没能耐了,幸亏翠姑又把宝鳞丢回桶里,正好落在宝鳞被掀之处,可惜歪了一点。

青龙很气愤,决定离开此地。

此后没几天,周家米桶就朝天了。过贯吃用不愁的日子,突然就断了,周家人一时手足无措。从此,周家就败落下来,越来越穷,没过几年,他家穷得连锅也揭不开了。

讲述者:李运华 男 69 岁 农民
采录者:王震

采录时间:1987年

马头娘娘的传说

安吉县梅溪镇马村位于梅溪镇西北,西苕溪上游。马村最早养蚕是马姓家族。相传养蚕祖师马头娘娘就是马村人。很久以前,在梅溪上马村有一对父女,养了一匹白马相依为命。父亲做生意每年要出去一段时间,家里就剩白马和姑娘。这一年,父亲出去数月未归,按时间计算早该到家了,姑娘牵挂着父亲的安危非常着急,却没人诉说,这一天她对白马说:"白马、白马,父亲到现在还没有回来,不知道怎么样了?如果谁能帮我找回父亲,我就嫁给他。"谁知话音刚落,白马脱缰而去,喊都喊不住。数日之后,白马驼着奄奄一息的父亲回来了。姑娘立刻把父亲弄进家里,好好照料。半个月后,父亲在姑娘的精心照顾下,恢复得很好,可以走动并干点儿农活了。

父亲恢复得好,女儿当然很高兴,不过这匹白马却怪怪的,特别是看姑娘的样子。父亲也感觉到白马古怪的样子,就问姑娘:"我出门在外,家里没发生什么事情吧?"姑娘说:"家里很好。"父亲说:"这马儿是怎么回事,怎么怪怪的?"姑娘没有办法,就把之前对马儿说的话,和马儿出去找父亲的事跟父亲说了。姑娘为难地说:"这马儿是不是有人性了,我要不要守承诺嫁给它呀?"父亲坚决反对道:"人畜怎么可以结婚,不可以!"

父亲怕夜长梦多,第二就把白马杀了,把马皮挂在杆子上晒着。姑娘想想自己多少有点亏欠白马,就走到马皮边上,谁知道,不知道哪里刮来一阵风,白马皮飞起裹着姑娘就飞走了。

后来当地村民在一片树林里找到白马皮,白马皮上有很多白色小虫子在吃树叶,当地人认为这是姑娘和白马的后代,就带回家喂养。白色小虫子吃树叶,吐白丝瞬间裹身,人们将丝抽出来织布、做棉被,柔软又暖和。人们就开始繁殖并喂养这些虫子,想到姑娘和白马凄惨的爱情故事,就把这些白色小虫子取名为"蚕宝宝"("惨"与"蚕"谐音)。从此马村人就开始了养蚕,并称姑娘为"马头娘娘",供奉为蚕神,把找到白马皮的树林子叫上马坎,村子因此叫"马村"。

讲述者:王新龙(1941年10月生人) 男 农民 梅溪镇梅溪小竹桥

采录者:尚亿琴

采录时间:2008年

蛇吞象(相)的故事

一天,雷雨交加,洪水猛涨,山崩堤决。一个山洞中的大蛇也遭难,被大水冲卷入滚滚洪流之中,淹得死去活来,雷公又在天上轰轰追击。吓得它战战兢兢,无法躲避逃生。随波逐流翻腾,漂到一个小山脚下,已奄奄一息,刚好被一书生看见,书生怜悯地将大蛇救起,带到家里,用草将蛇裹起调理后放回山林,蛇走时为感书生救命之恩,无为以为报,只好忍痛剜下一颗眼珠送给书生作为谢礼。

书生将蛇的眼珠放在书房里,夜晚全屋通明,如同白昼。书生把宝贝献给国王,国王封他为宰相,招为驸马。书生虽有了荣华富贵,却总想着献给国王的夜明珠,又想要取得大蛇的另一个眼珠。"如果有一个(夜明珠)放在相府,岂不是更好。"于是入山寻到大蛇,要求它再送个明珠。大蛇说:"我为报你救命之恩,忍痛将眼珠挖下一个给你,使你做了宰相,这还不够吗?你已有了荣华富贵,还不满足,又来要我唯一的一个眼珠,让我怎么活下去?"于是大蛇一口将他吞下去了。

讲述者:雷少堂 男 76 岁 农民
采录者:杨顺珍
采录时间:1987 年

下 篇
歌谣谚语歇后语

歌 谣

梅溪民间的歌谣、谚语与其他地区的歌谣、谚语一样,类别众多。如歌谣,就涵盖了劳动歌、小调、山歌、对歌、儿歌、宗教歌(宣卷)、演艺歌等。但是,除了这些普遍性的特点之外,梅溪镇的歌谣谚语还有如下特点:

1. 既有吴方言歌谣谚语,也有其他地区语言的歌谣谚语。如车水歌《鼓打五更》将"开(kai)、街(gai)、鞋(hai)"归为一韵,明显是河南与湖北交界的河南罗山一带移民带来;而小调《十只台子》则是吴方言特征。

2. 劳动歌的《车水歌》与演艺歌的《旱船歌》在梅溪的民间歌谣中占有重要地位,它们都来自河南罗山一带。随着生产方式的改变,今天的车水歌已脱离了车水劳动时才演唱的形式;而旱船歌还是保留着在节庆期间表演旱船舞蹈时的伴唱形式。(详细介绍见相关章节)

车 水 歌

车水歌是旧时农民在田间车水时边劳作(脚踩水车)边演唱的民歌。可起到缓解疲劳和"计量"的作用。它的形式与特点如下:

1. 演唱者(即劳动者)各手持打击乐一件(小鼓、小锣、小云锣、小钹、大锣);

2. 双脚轮踩水车的"踏脚",胸靠"横杠",双臂伏杠使杠在腋下以支持人的体重,手持锣鼓敲打,边踩水车边唱;

3. 每段唱词是五句。老艺人李世荣解释说:"我们五个人,一边敲锣一边轮着唱。"当然,也可以五句都由一人领唱,其他人帮和;

4. 唱的旋律与节奏类似"号子",一人开口后,众人帮唱"嗨、哎"及重复这句的结尾三字;

5. 两句之间即可敲打锣鼓。

太阳出来照九州

太阳出来照九州,
照到汉口黄鹤楼。
照得文官戴纱帽,
照得武官中诸侯,
照得百姓得丰收。

天上星,朗朗稀

天上星,朗朗稀,
莫笑穷人穿破衣。
十个手指有长短,
高山流水有高低,
世上哪有一般齐。

天上星斗朗朗稀

天上星斗朗朗稀,
莫笑穷人穿破衣。
十个手指有长短,
河堤放水有高低,
穷人哪比有钱的。

栀子花儿不会开

栀子花儿不会开,
开在南山陡石岩。
戴花大嫂摘不够,
放牛蛙娃装满怀,
喜坏多少女乖乖。

栀子花儿不会生

栀子花儿不会生,

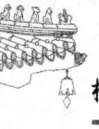

生在南山紫竹林。
白日讨不到阳光晒，
夜晚讨不到露水淋，
再好的花儿背了阴。

栀子花儿靠墙栽

栀子花儿靠墙栽，
墙矮花高现出来。
雨来淋墙墙不倒，
风不吹花花不开，
姐不引郎郎不来。

哥放鸭子姐放鹅

太阳出来正当午，
哥放鸭子姐放鹅。
哥的鸭子铺满河，
姐的鹅子铺满港，
哥的鸭子没姐的鹅多。

鼓打五更

鼓打一更月照楼，
手拨灯草满灯油。
姐叫小郎吹灯睡，
手臂弯弯当枕头，

留下我郎好枕头。

鼓打二更月照街,
郎在门外喊门开。
鹩子翻身忙爬起,
十指尖尖把门开,
反穿罗裙倒穿鞋。

鼓打三更月照中,
小郎来到姐房中。
姐叫小郎莫说话,
隔墙有人漏了风,
妻子晓得定不容。

鼓打四更月照房,
小郎坐在姐床上。
四碗小菜一碗汤,
四个鸡蛋一个汤,
我俩吃饱再商量。

鼓打五更月照西,
金鸡报晓喔喔啼。
轻轻推郎来喊醒,
醒醒瞌睡好穿衣,
吃完点心郎回去。

早晨起床出门破四门

清早起来往东来,
眼观东门没打开。
手拿银枪朝上打,
一打东门两扇开,
仁贵征东转回来。

清早起来往南来,
眼观南门没打开。
手拿金枪朝上打,
一打南门两扇开,
五虎平南转回来。

清早起来往西来,
眼观西门没打开。
手拿金箭朝上打,
一打西门两扇开,
丁山征西转回来。

清早起来往北来,
眼观北门没打开。
手中又拿铁扫帚,
一打北门两扇开,
罗通征北转回来。

小调山歌

十二月放羊

正月放羊正月正,
小奴家放羊要动身。
羊儿赶在前头走,
小奴家凑巧随后跟。

二月放羊百草青,
百样的草儿往上生。
羊儿不吃东山草,
要吃西山草儿青。

三月放羊三月三,
小奴家放羊绣牡丹。
牡丹绣在手巾上,
看花容易绣花难。

四月放羊四月八,
小奴家放羊带搓麻。
看着看着天黑了,
小奴家还有半把麻(四两麻)。

五月放羊是端阳,
糯米粽子蘸洋糖。

雄黄酒点在鼻梁上，
小奴家放羊还在山上。

六月放羊三伏天，
小奴家放羊汗不干。
羊儿热得张大嘴，
小奴家热得心发烦。

七月放羊七月七，
牛郎织女配夫妻。
七月初七会一面，
再到明年七月七。

八月放羊是中秋，
东河水往西河流。
东河流水归大海，
西河流水归金沟。

九月放羊是重阳，
菊花吊酒满缸香。
人家吊酒有人喝，
小奴家吊酒无人尝。

十月放羊小阳春，
百样的草儿枯干净。
羊儿饿得歪歪倒，
小奴家放羊转回程。

冬月放羊冬月冬,
眼观老天起大风。
羊儿吹得满山跑,
小奴家吹得脸发红。

腊月放羊腊月八,
家家户户把羊杀。
杀了羊儿倒还罢,
小奴家从今以后不放它。

大师傅帮工,
太阳落土满地红。
墩鸡子打鼓叫放工,
秧鸡听到白白脸。
野鸡听到脸通红,
老板听到耳装聋。

人心肚里百样歌

（一）

高山头上树一棵,
一对凤凰来做窝。
凤凰窝里百样草,
人心肚里百样歌,
唱几个好歌我学学。

（二）

毛柞子树矮戳戳,

一对麻雀来做窝。
麻雀窝里乱稻草,
我的肚子没有(的)歌,
哪有好歌你来学。

(三)

叫我唱歌我也能,
就是嗓子不由人。
四两公鸡初开叫,
高一声来低一声,
时时见笑兄弟们。

(四)

叫我唱歌就唱歌,
我的山歌并不多。
好不白粉墙上写大字,
黑的少来白的多,
唱得不好莫骂我。

(五)

叫我唱歌也不难,
不比挑花绣牡丹。
挑花少不了五色线,
山歌只要扯得圆,
三言两语有何难。

鹭鸶飞歌

(一)

鹭水一飞好白毛,

身子不动膀子摇,
嘴里衔的灵芝草,
头上顶的凤凰毛,
爱玩的仁兄都来了。

　　　（二）
鹭水一飞把翅拍,
不落田埂落田缺,
碰到泥鳅来上水,
一口叨它两半截,
看是你烈（嘞）是我烈（嘞）。

　　　（三）
小小枪杆黑又黑,
我到高山去打猎,
野鸡兔子我都不打,
单打鹭水逋田缺,
看是你烈（嘞）是我烈（嘞）。

十二月花名

正月迎春喷喷香,
二月兰草开满岗,
三月桃花红似火,
四月梨花洒粉浆,
五月栀花开成秀,
六月打马下海棠,
七月木槿开得好,
八月又闻桂花香,

九月菊花酿好酒,
十月芙蓉初开放,
十一月里雪花飞,
十二月有个蜡梅花。

正月是新年

正月里是新年,
望郎相思穿。
一双的白手搭栏杆,
劝郎莫下船。

二月姐在家,
我郎去长沙。
生意买卖百货又涨价,
劝郎莫去它。

三月天气和,
百事花儿多。
搬张椅子门前来打坐,
两眼往外睃。

四月又望郎,
望郎大麦黄。
割罢大麦栽黄秧,
望郎莫指望。

五月端阳来，
小奴绣香袋。
香袋绣好奴郎又没来，
一定见了怪。

六月天气热，
绣花绣不得。
汗手绣花花褪色，
绣得不好看。

七月秋风凉，
五谷花儿香。
花香美女在等少年郎，
美女下天堂。

八月白露来，
鸡冠花儿开。
鸡冠花儿郎不爱，
我郎咋不来。

九月菊花黄，
低头进绣房。
双手掀开红绫帐，
没见小才郎。

十月小阳春，
脚踩大门墩。

风吹我金莲有些冷,
两眼往前伸。

冬月北风刮,
我郎不来罢。
从前对奴家讲的什么话,
调戏了小奴家。

望郎又一年,
望在腊月间。
一年没在奴家玩,
必定有人缠。

望郎二十一,
我眼泪往下流。
手拿麻线纳鞋底,
想死了在心里。

望郎二十二,
小奴进绣房。
只见枕头不见奴的郎,
捧头哭一场。

望郎二十三,
小奴绣房站。
手扯房门关几关,
没见奴心肝。

望郎二十四,
小奴家扎根刺。
我郎不来奴家也是死,
望郎等日子。

望郎二十五,
半夜才到屋。
全家老小捧头哭,
没空谈幺姑。

望郎二十六,
亲戚和朋友。
亲戚朋友接我去吃酒,
回家半夜后。

望郎二十七,
家家杀年鸡。
我一杀年鸡,二磨豆腐皮,
没空来谈你。

望郎二十八,
家家猪羊杀。
一杀猪羊,二打糯粑,
没空谈冤家。

望郎二十九,
小盐也无有。

手提小篮长街走,
不知日落土。

三十年又大,
烧香拜菩萨。
一拜菩萨二话表,
团圆也罢了。

初一不出门,
初二访村邻。
初三初四走丈人,
回转看情人。

初五挂中堂,
喊叫幺姑娘。
幺姑的脸上咋这黄,
咋不吃药方。

恨声该死的,
莫说奴生气。
奴的相思就是为了你,
不在奴屋里。

买栀子花

正月是新年,
小姐进花园,
手拿花籽撒满园。
耶、咿呀嗨,
呀嗨、呀嗨哟,
四季花儿香,
手拿花籽撒满园。

二月是花朝,
花儿长起来了,
叫声丫鬟快把草来薅。
耶、咿呀嗨,
呀嗨、呀嗨哟,
四季花儿香,
叫声丫鬟快把草来薅。

三月是清明,
花儿长得青,
叫声丫鬟挑水把花润。
耶、咿呀嗨,
呀嗨、呀嗨哟,
四季花儿香,
叫声丫鬟挑水把花润。

四月四月八,

花儿发了芽,
叫声丫鬟开始把花照。
耶、咿呀嗨,
呀嗨、呀嗨哟,
四季花儿香,
叫声丫鬟开始把花照。

五月是端阳,
花儿喷喷香,
叫声丫鬟带奴把花望。
耶、咿呀嗨,
呀嗨、呀嗨哟,
四季花儿香,
叫声丫鬟带奴把花望。

我清早爬起来,
把园门打开,
百样的花儿叶姗姗。
耶、咿呀嗨,
呀嗨、呀嗨哟,
四季花儿香,
百样的花儿叶姗姗。

我手扳栀栀树,
脚踩栀栀丫,
十指尖尖掐上一朵花。
耶、咿呀嗨,

呀嗨、呀嗨哟，
四季花儿香，
十指尖尖掐上一朵花。

掐朵头上戴掐朵手上拿，
再掐三朵花篮没装下。
耶、咿呀嗨，
呀嗨、呀嗨哟，
四季花儿香，
再掐三朵花篮没装下。

我只顾得掐没有顾得瞧，
不知花篮掐满了。
耶、咿呀嗨，
呀嗨、呀嗨哟，
四季花儿香，
不知花篮掐满了。

我扁担两头翘，
花篮两头捎，
一步挑到洛阳城。
耶、咿呀嗨，
呀嗨、呀嗨哟，
四季花儿香，
一步挑到洛阳城。

洛阳桥上走，

洛阳桥上行，
大喊三声卖花人。
耶、咿呀嗨，
呀嗨、呀嗨哟，
四季花儿香，
大喊三声卖花人。

听到狗子咬，
慌忙往外跑，
莫是的花倌买花来了。
耶、咿呀嗨，
呀嗨、呀嗨哟，
四季花儿香，
莫是的花倌买花来了。

你大花要几角小花要几文？
大花要八角小花要二文。
少了一文戴不成。
耶、咿呀嗨，
呀嗨、呀嗨哟，
四季花儿香，
少了一文戴不成。

乖乖奴的妈，
花篮好翠花，
我再添一文戴个大翠花。
耶、咿呀嗨，

呀嗨、呀嗨哟,
四季花儿香,
我再添一文戴个大翠花。

你不买我的花,
不该用手去哈,
哈掉的花叶卖把哪家。
耶、咿呀嗨,
呀嗨、呀嗨哟,
四季花儿香,
哈掉的花叶卖把哪家。

我不买你的花,
没有用手哈,
哪个的哈了乱手指丫。

十只台子

一只台子四角方,
岳飞枪挑小梁王,
武松手托千斤顶,
姜太公八十三岁遇文王。

两只台子凑成双,
辕门斩子杨六郎,
诸葛要把东风借,
沙滩救主小秦王。

三只台子桃花红,
百万军中赵子龙,
文武全才关夫子,
连环巧计算庞统。

四只台子四角平,
吕蒙落难窑里蹲,
朱买臣落难挑柴卖,
何文秀改扮算命人。

五只台子是端阳,
莺莺小姐烧夜香,
红娘月下着梯子,
才郎张生跳过粉墙。

六只台子荷花放,
阎婆惜活捉张三郎,
宋公明忙把梁山上,
阎妈三公喊冤枉。

七只台子是七巧,
昆仑月下闹江湖,
观音龙女来作法,
四海龙王召来朝。

八只台子只是好,
张飞喝断当阳桥,

判断阴阳包文正,
换掉太子剥狸猫。

九只台子菊花黄,
王妈照应武大郎,
潘金莲搭识西门庆,
药死亲夫见阎王。

十只台子唱完成,
唐僧西天去取经,
孙行者领路前头走,
路上活捉妖怪精。

正月里是新年

正月里是新年,
吕布妻子是貂蝉,
穆桂英配的杨宗保,
樊梨花配的薛丁山,
这是三个好鸳鸯。

二月里是花朝,
唐王天子访白袍,
文王访贤姜子牙,
宋氏妻访贤吕蒙正,
有名人单访有名人。

三月里是清明,
长街挑水是苏秦,
刘备本的(来)草鞋卖,
朱洪武本是放牛人,
这是三个成名的人。

四月里四月八,
罗成十二当响马,
甘罗十二为丞相,
周瑜十二摆战场,
这是三个少年郎。

五月里是端阳,
张三调戏七里娘,
大头和尚戏翠柳,
纣王调戏女娲娘,
这是三个探花郎。

六月里三伏天,
秦琼救驾玲珑山,
白袍救了唐干主,
敬德救驾御花园,
这是三个救驾官。

七月里七月七,
韶关围困伍子胥,
蔡邦围困孔夫子,

柳氏夫人围困寒窑里，
这是三个围困的人。

八月里是中秋，
七郎八虎闯幽州，
孙膑又闯五雷阵，
勇将秦琼闯登州，
这是三个闯将侯。

九月里菊花黄，
磨坊受苦李三娘，
大头和尚戏柳翠，
纣王收了妲己娘，
这是三个受苦的娘。

十月里小阳春，
湘子修仙丢林英，
寒窑丢下柳金春，
薛仁贵又丢王三姐，
这是三个丢妻人。

十一月下雪寒，
杨继业观阵泪涟涟，
只有七郎死得苦，
芭蕉树上命归天，
打死潘豹结成怨。

腊月里要打春,
朱洪武带兵打南京,
前头先行胡大海,
后来的九帅常遇春,
不打胜仗不收兵。

绣手巾

正月里绣手巾,
外头来个姑娘,
要看奴的手巾,
哎哎哟要看奴手巾。

搬把椅子(哎)姑娘你请坐(呀),
我到厨房把茶斟,
喝茶看手巾,
哎哎哟喝茶看手巾。

我的手巾不中看,
我的手巾有十层,
层层都有古人名,
哎哎哟层层都有古人名。

手巾用线儿挑,
上绣五马来破曹,
神仙下凡了,
哎哎哟神仙下凡了。

神仙他下凡云端飘,
韩湘子下凡吹玉箫,
王母捧仙桃,
哎哎哟王母捧仙桃。

二条手巾二尺长,
上头又绣李三娘,
受苦在磨坊,
哎哎哟受苦在磨坊。

白天他挑水三百担,
夜晚推磨到天光,
生下儿子咬脐郎,
哎哎哟生下咬脐郎。

手巾三尺三,
上绣荷花与牡丹,
七姐下了凡,
哎哎哟七姐下了凡。

七姐她下凡配董永,
槐荫大树配成双,
百日回天堂,
哎哎哟百日回天堂。

手巾绣个谷儿黄,
绣个张郎在学堂,

用心攻文章,
哎哎哟用心攻文章。

手巾绣得多,
上绣铜盆舀水喝,
伍吉打柴火,
哎哎哟伍吉打柴火。

绣一个周瑜对面坐,
绣一个孔明借东风,
上绣张飞赵子龙,
哎哎哟上绣张飞赵子龙。

手巾绣得好,
上头又绣蔡伯劳,
伯劳的文章好,
哎哎哟伯劳的文章好。

外国的王子把宝进,
万岁传他上龙庭,
封他送表人,
哎哎哟封他送表人。

手巾绣两面,
上绣宝剑挑彩球,
红菱戏兜兜,
哎哎哟红菱戏兜兜。

接球之人千百万,
彩球单打平贵头,
二人芳名留,
哎哎哟二人芳名留。

手巾绣得细,
绣个孟姜女送寒衣,
一路哭啼啼,
哎哎哟一路哭啼啼。

哭倒长城一万里,
哭得天黑地又昏,
城墙倒干净,
哎哎哟城墙倒干净。

手巾绣得清,
上头又绣观世音,
打坐莲花墩,
哎哎哟打坐莲花墩。

绣一个韦陀对门站,
五百罗汉二面分,
童子拜观音,
哎哎哟童子拜观音。

手巾绣起来,
上绣山伯祝英台,

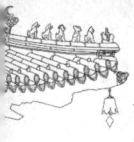

杭州攻书来,
哎哎哟杭州攻书来。

杭州攻书三年满,
不知兄弟是裙钗,
山伯多痴呆,
哎哎哟山伯多痴呆。

四大京城

走的走,挪的挪,
一走走到襄阳城,
襄阳樊城隔道江,
脚不停留到武昌。

武昌本是好码头,
汉口还有黄鹤楼,
福州有个铁牛祠,
徐州还有个铁水牛。
铁水牛恨三恨,
听我来表四大京城。

南京不叫南京地,
北京不叫北京城,
东京不叫东京省,
西京不叫西京城。

南京改为江陵府,
北京改为燕京城,
西京改为长安城,
四大京城安排定。

四个王爷明一明,
南京王爷朱太祖,
皇帝仁宗坐东京,
北京皇爷赵匡胤,
唐朝李渊坐西京。

四个王爷安排定,
四个军师明一明,
南京军师刘伯温,
北京军师拉马生,
东京军师缪光义,
西京军师徐茂公。

四个军师安排定,
还有四个保驾臣,
南京也有保朝将,
听我一一来说明。

开路先锋胡大海,
二路元帅常遇春,
领兵上下李文忠,
三个将官本事好,

最大的清官姚国公,
我把南京安排定。

再把北京明一明,
北京也有保朝将,
听我一一来说清。
有刘胜和刘永,
三个将官本事能,
最大的清官彭国公,
我把北京安排定。

再把东京明一明,
高怀德,高怀亮,
怀德怀亮郑子明,
三个将官本事好,
最大的忠良杨家兵。

我把东京安排定,
再把西京明一明,
尉迟恭秦叔宝,
白马银袍小罗成,
三个将官本事好,
三朝元老程咬金,
龙虎斗、虎压人,
杨香武三盗九龙杯,
本领强。

达摩参禅歌

（一）
昔日达摩去参禅，
金刚推磨佛打锣，
王母娘娘烧早锅，
做个馍馍天那大，
请声道友该如何！

昔日达摩去参禅，
夜晚打盹洞中眠，
一勺舀尽千江水，
万里江山一口餐。

（二）
天上明明什么星，
地上明明什么人，
何为男来何为女，
何为道来何为僧？

天上明明紫微星，
地上明明帝皇君，
乾为男来坤为女，
老君为道佛为僧。

（三）
什么国里出佛祖？

什么国里降老君？
什么国里出孔圣？
什么国里出三圣？

天竺国里出佛祖，
河南鹿邑出老君，
山东临清出孔圣，
三国共出三圣人。

（四）
什么夫人怀佛祖？
什么夫人怀老君？
什么夫人怀孔圣？
哪三夫人怀圣人？

孔雀明王怀佛祖，
也氏夫人怀老君，
兀氏夫人怀孔圣，
三个夫人怀三圣。

（五）
佛祖怀胎十三年，
老君怀胎八十春，
孔子怀胎十六载，
三圣人共怀一百零九春。

仇报仇来怨报怨

昔日螳螂去捕蝉,
遇到黄雀把路挡,
黄雀又被弹子打,
打弹之人被虎伤。

猛虎落在古井里,
古井又被黄土填,
黄沙上面长青草,
青草又被老牛衔。

老牛无力刀下死,
屠夫死了上刀山,
名叫一报还一报,
仇报仇来怨抱怨。

打铁歌

打铁打到正月正,
家家门前挂红灯。
打铁打到二月二,
二郎菩萨出殿门。
打铁打到三月三,
苋菜开花像牡丹。
打铁打到四月四,
一个铜钿四个字。

打铁打到五月五,
长脚粽子过端午。
打铁打到六月六,
蚊子叮,扇子扑。
打铁打到七月七,
七两羊毛换支笔。
打铁打到八月八,
八月桃子烂脱脱。
打铁打到九月九,
九月重阳好吃酒。
打铁打到十月十,
囫做贼,囫做贼,
挎(抓)牢瘌痢打全(死)啥。

烟花女子告阴状

正月月半庙开门,
牛头马面分两排,
伤心人儿来哎哎哟牛头马面分两排。

阎王身坐阎王殿,
小鬼手拿勾魂牌,
伤心人儿来哎哎哟小鬼手拿勾魂牌。

判官手拿生死簿,
跳出烟花女子来,
伤心人儿来哎哎哟跳出烟花女子来。

一岁二岁娘怀抱,
三岁四岁大脚绕(缠)小来,
伤心人儿来哎哎哟大脚绕小来。

五岁六岁平平过,
七岁八岁卖进堂子(妓院)来,
伤心人儿来哎哎哟卖进堂子来。

九岁十岁学弹唱,
十一十二梳妆学打扮,
伤心人儿来哎哎哟梳妆学打扮。

十三十四平平过,
十五十六扶奴上牙台(床),
伤心人儿来哎哎哟扶奴上牙台。

乘(赚)着铜钿老板娘拿去用,
乘(赚)不着铜钿皮条子打上来,
伤心人儿来哎哎哟皮条子打上来。

打得奴,奴三天不吃饭,
病在牙床无人进房来,
伤心人儿来哎哎哟无人进房来。

可怜奴,奴一命归阴间,
三张芦席当棺材,
伤心人儿来哎哎哟奴家当棺材。

头上露出青丝发,
底下三寸金莲露出来,
伤心人儿来哎哎哟金莲露出来。

那边来了班叫花子,
将奴家尸首抬到枉死滩,
伤心人儿来哎哎哟抬到枉死滩。

天上乌鸦将奴眼睛叼,
地下黄狗将奴家尸首拖出来,
伤心人儿来哎哎哟尸首拖出来。

那边来了一班赌博佬,
将奴骨一根一根拾起来,
伤心人儿来哎哎哟雕一副麻将牌。

赢着铜钿笑哈哈,
输了个铜钿骂一声瘟骨牌,
伤心人儿来哎哎哟骂一声瘟骨牌。

奴一一讲给阎王听,
保佑奴家下世投个好娘胎,
伤心人儿来哎哎哟投个好娘胎。

十　绣

一绣广东城那来,

钦嗦,
城里扎大营那来,
喽嗦,
钦嗦喽嗦柳那嗦,
嗦呀儿姐姐呀儿嗦,
绣一个曹操调那个三军来,
二姐呀喽嗦耶来哎。

二绣花时开那来,
钦嗦,
街上好买卖那来,
喽嗦,
钦嗦喽嗦柳那嗦,
嗦呀儿姐姐呀儿嗦,
绣个仙女下凡来那来,
二姐呀喽嗦耶来哎。

三绣百丈高那来,
钦嗦,
水上半截腰那来,
喽嗦,
钦嗦喽嗦柳那嗦,
嗦呀儿姐姐呀儿嗦,
绣一个野鸭水上漂那来,
二姐呀喽嗦耶来哎。

四绣一只船那来,

钦嗦,
船在江中玩那来,
喽嗦,
钦嗦喽嗦柳那嗦,
嗦呀儿姐姐呀儿嗦,
绣个太公钓鱼竿那来,
二姐呀喽嗦耶来哎。

五绣包文正那来,
钦嗦,
做官多清正那来,
喽嗦,
钦嗦喽嗦柳那嗦,
嗦呀儿姐姐呀儿嗦,
一断阳来二断阴那来,
二姐呀喽嗦耶来哎。

六绣杨六郎那来,
钦嗦,
打坐白虎堂那来,
喽嗦,
钦嗦喽嗦柳那嗦,
嗦呀儿姐姐呀儿嗦,
绣个焦赞和孟良那来,
二姐呀喽嗦耶来哎。

七绣李三娘那来,

钦嗦,
受苦在磨坊那来,
喽嗦,
钦嗦喽嗦柳那嗦,
嗦呀儿姐姐呀儿嗦,
在那个磨坊生儿郎那来,
二姐呀喽嗦耶来哎。

八绣陡石岩那来,
钦嗦,
层层垒起来那来,
喽嗦,
钦嗦喽嗦柳那嗦,
嗦呀儿姐姐呀儿嗦,
绣个狮子上钱台那来,
二姐呀喽嗦耶来哎。

九绣观世音那来,
钦嗦,
打坐莲花墩那来,
喽嗦,
钦嗦喽嗦柳那嗦,
嗦呀儿姐姐呀儿嗦,
绣个童子拜观音那来,
二姐呀喽嗦耶来哎。

十绣祝英台那来,

钦嗦,
杭州攻书来那来,
喽嗦,
钦嗦喽嗦柳那嗦,
嗦呀儿姐姐呀儿嗦,
绣一个山伯攻书来那来,
二姐呀喽嗦耶来哎。

太阳出来黄澄澄

太阳出来黄澄澄,
买把阳伞姐遮阴。
阳伞插在姐怀里,
问声小姐几月生,
桃子开花二三月,
燕麦开花四月生。

小郎听到这句话,
赶忙回家礼来行。
白米办了二三斗,
挂面办了二三斤,
黑糖办了三四两,
送给小姐当点心。

小小扁担两头弯,
一直挑到姐面前。
划根洋火点着灯,

看看毛头像谁人,
鼻子眼睛都像我,
细皮嫩肉像姐生。

你供饭,我供衣,
供了三年我领回去。
小姐转脸把气生,
只有种田分谷子,
那有嫖姐分子孙。
小郎听到这句话,
就在房边辞别姐。
我再来嫖姐不是人,
我再要来瞧你瞎我眼,
再要从你门前走,
从头烂到脚后跟,
再要跟你手牵手,
十个手指烂九根,
再要跟你同床睡,
浑身骨头烂干净。

大姑娘十月怀胎

正月姑娘在绣房,
干哥进了奴绣房,
奴叫干哥私来往,
来往瞒住奴爹娘。

二月怀胎才怀成,
奴家实是有了病,
爹妈不知奴家病,
忙叫家人请先生。
那个先生本又能,
来了就把奴脉平(评),
平平奴家有喜信。
假皮子假眼冯先生,
你就说奴家得毛病,
也莫说奴家有喜信,
私给先生二两银。
要被我爹妈晓得了,
这个小命活不成,
要被哥嫂晓得了,
这个婚姻稳(肯定)不成。

三月怀胎在怀娥,
手搬椅子南门坐。
隔墙幺姑来问我,
一是爹妈打骂你?
二是你哥嫂把你磨?
一不是爹妈打骂我,
二不是哥嫂把我磨,
我心中有病不快乐。

四月怀胎天气热,
娘叫女儿去割麦。

伸手割了三把麦,
抬头看见小冤家,
你走你的路来,
我割我的麦,
要你管割麦不割麦。

五月怀胎是端阳,
小小的龙船你撑得快。
隔墙的幺姑来邀我,
邀得奴家心喜欢,
就活(立刻)梳头去打扮。
头上包的是花包头,
身上穿的是漂白衫,
嫂在房中侧面看,
你上好看下好看,
中间的肚子像罗汉。

六月怀胎六月六,
路难走来腰难勾。
大肚子挺胸人难见,
把罗裙带子紧又收,
为娘要是这样做,
怕我的娇儿命难留。

七月怀胎七月七,
婆家订的是腊月二十一。
为什么日子迟定起,

分明要我出羞去。

八月怀胎八月八,
娘叫女儿捡棉花。
伸手捡了三朵棉,
抬头得见小冤家,
你走你的路我捡我的花,
要你管我捡花不捡花。

九月怀胎九月九,
奴在房中伸脚手。
只恨自己不懂事,
想起那事寻短路,
此事传到婆家去,
做人一辈子抬不起头。

十月怀胎十月十,
奴在房里生把戏(生小孩)。
嫂嫂听到忙快起,
毛头包包当户地。
恭喜爹,恭喜妈,
你得了外孙喜不喜,
我得外甥喜不得。
爹妈听了生了气,
手拎钢刀杀女儿,
嫂嫂听了忙拦起,
双手将爹妈扯出去。

私包子,不稀奇,
毛头包包花篮提,
假装河边去洗衣,
双手撂到大河里。
你慢些走慢些游,
不浮石头碰你头,
不是为娘不留你,
你没得老子出不了头。

山歌好唱口难开

山歌好唱口难开,
白面好吃磨难碾,
大米好吃田难种,
樱桃好吃树难栽,
鲜鱼好吃网难开。

唱个山歌谢谢客

太阳落土挖地黑,
唱个山歌谢谢客。
一谢(那过)客来受了累,
二谢(那过)客来摸了黑,
菜饭(那过)不好包涵些。

闹新房甘蔗诗

正月甘蔗是木柴，
二月甘蔗正冒芽，
三月甘蔗抽心起，
四月开叶闹喳喳，
五月甘蔗肥要下，
六月甘蔗沟要划，
七月甘蔗要锄草，
八月甘蔗要扒脚，
九月甘蔗长十足，
十月霜降叶正干。
打铁师傅真正通，
打起锄头带连翁，
又打镰刀栽蔗尾，
切了蔗尾才下坑。
十一十二是雪花，
古人仙师造糖车，
磨姑仙师把车造，
化出红白两样糖，
红白糖水味道清，
孩童泡茶无关煞。
新娘要做五代奶，
新郎要做五代公，
红色手巾做礼仪，
言语称呼值千金。

对 歌

郎要跟姐一路行

女：石榴开花叶儿青，
　　这位大姐赛观音。
　　闲下无事街上走，
　　惊动路旁一书生。
　　大姐一旁站着问，
　　你是哪家一书生？
　　你不是娘家亲兄弟，
　　也不是婆家兄弟亲。
　　河边插柳不成荫，
　　你到底算是哪门亲？

男：小郎一听接着应。
　　叫声姐姐你且听，
　　不是娘家亲兄弟，
　　也不是婆家兄弟亲。
　　河边插柳不成荫，
　　今天跟姐姐攀上亲，
　　要同姐姐一路行，
　　河边插柳要成荫。

女：你要同姐一路行，
　　姐打个哑谜你猜准，

姐做路边一棵草，
　　　看你怎样上姐身？

男：心肝姐姐郎的人，
　　姐打哑谜我猜准。
　　姐做路边一棵草，
　　我做露水落姐身，
　　露水落在嫩草上，
　　要跟乖姐一路行。

女：要跟乖姐一路行，
　　姐打哑谜你猜准，
　　乖姐好比花一朵，
　　看郎怎样上姐身？
　　猜到哑谜倒还罢，
　　猜不到哑谜你转回程。

男：心肝姐姐郎的人，
　　姐打哑谜我猜准，
　　姐做花园花一朵，
　　我做蜜蜂采花心，
　　蜜蜂躲在花心内，
　　要跟姐姐一路行。

女：心肝哥哥姐的人，
　　再打哑谜你猜准，
　　猜到哑谜倒还罢，
　　猜不到哑谜转回程，
　　姐做天上一明月，

看郎怎样上姐身?

男:心肝姐姐郎的人,
　　姐打哑谜我猜准,
　　你做天上一明月,
　　我做小星昼夜跟,
　　小星追月紧不放,
　　要跟乖姐一路行。

女:姐做月中梭罗树,
　　看郎怎样上姐身,
男:姐做月中梭罗树,
　　我做张果老看树人。
女:姐做黄河长流水,
男:我做鲤鱼跳龙门。
女:姐做高山一猛虎,
男:我做武松打虎人。

女:心肝哥哥姐的人,
　　再打哑谜你猜准,
　　猜到哑谜成婚配,
　　猜不到哑谜转回程。
　　天上明月要一个,
　　老龙骨脊要一根,
　　蚊虫肝花要四量,
　　嬷头胡须要半斤,
　　海南观音要一个,
　　三尊大佛要一尊,
　　桃园结义要两人,

男：心肝姐姐郎的人，
　　你打哑谜我猜准。
　　天上明月是镜子，
　　老龙骨脊拢乌云，
　　蚊虫肝花胭脂粉，
　　嬷头胡须丝线绣花针，
　　海南观音就是你，
　　一尊大佛就是郎的身，
　　桃园结义你和我，
　　双双对对配成婚。

对　花

男：什么红红红上天？
　　什么红红水中间？
　　什么红红长街卖？
　　什么红红姐面前？

女：太阳红红红上天，
　　荷花红红水中间，
　　红布红红长街卖，
　　胭脂红红姐面前。
男：什么圆圆圆上天？
　　什么圆圆水中间？
　　什么圆圆长街卖？
　　什么圆圆姐面前？

女：月亮圆圆圆上天，

荷叶圆圆水中间,
　　筛子圆圆长街买,
　　镜子圆圆姐面前。

男:什么弯弯弯上天?
　　什么弯弯水中间?
　　什么弯弯长街卖?
　　什么弯弯姐面前?

女:月亮弯弯弯上天,
　　红菱弯弯水中间,
　　镰刀弯弯长街卖,
　　梳子弯弯姐面前。

男:什么尖尖尖上天?
　　什么尖尖水中间?
　　什么尖尖长街卖?
　　什么尖尖姐面前?

女:月亮尖尖尖上天,
　　红菱尖尖水中间,
　　冲担尖尖长街卖,
　　花针尖尖姐面前。

男:什么花开成双对?
　　什么花开摆铃铛?
　　什么花开红似火?
　　什么花开一身疮?

女：豇豆花开成双对，
　　茄子花开摆铃铛，
　　石榴花开红似火，
　　黄瓜花开一身疮。

男：什么花开向东偏？
　　什么花开香上天？
　　什么花开香十里？
　　什么花开朵朵圆？

女：葵花花开向东偏，
　　兰草花开香上天，
　　桂花花开香十里，
　　绣球花开朵朵圆。

我出一，你对一

我出一，你对一，
什么开花开在屋里？
我出二，你对二，
什么开花起苔儿？
我出三，你对三，
什么开花在高山？
我出四，你对四，
什么开花一包刺？
我出五，你对五，
什么开花过端阳？
我出六，你对六，
什么开花紫偶偶？

我出七,你对七,
什么开花在水中?
我出八,你对八,
什么开花像喇叭?
我出九,你对九,
什么开花做黄酒?
我出十,你对十,
什么开花人晦气?

你出一,我对一,
枕头开花在屋里。
你出二,我对二,
油菜开花起苔儿。
你出三,我对三,
兰草开花在高山。
你出四,我对四,
黄瓜开花一包刺。
你出五,我对五,
艾蒿开花过端阳。
你出六,我对六,
楝树开花紫偶偶。
你出七,我对七,
菱角开花在水里。
你出八,我对八,
南瓜开花像喇叭。
你出九,我对九,
菊花开花做黄酒。
你出十,我对十,
竹子开花人晦气。

儿 歌

打掌掌

打掌掌,正月正,
正月十五玩龙灯,
人家龙灯玩罢了,
我的龙灯才起身。

打掌掌,二月二,
二月毛冲才下定。

打掌掌,三月三,
三月毛冲用担担。

打掌掌,四月四,
四月毛冲一包刺。

打掌掌,五月五,
五月正打种秧鼓。

打掌掌,六月六,
六盘果子六盘肉。

打掌掌,七月七,
七盘果子七盘鸡。

打掌掌,八月八,
八盘果子八盘鸭。

打掌掌,九月九,
九盘果子九盘藕。

打掌掌,十月十,
十盘果子十盘鱼。

萤火虫亮亮红

萤火虫亮亮红,
红罗衫紫罗裙,
小小姑娘要出门。
哪个做媒人?
读书小倌做媒人。
嫁哪里?
嫁那亭头山上头一家。
姆妈嫁只金马桶,
阿爸嫁只银马桶,
撒起尿来咚咚响,
隔壁阿婆听了当作刮龙风。

小姑娘小打扮

小姑娘小打扮,
背只包袱买雨伞,
买啦城里吃(气)夜饭,
啥个菜鸡肉鸭肉鸭心肝,
麻鸟(雀)肚里小心肝。

痢痢癞

痢痢癞得洋相,
腰里夹个破皮箱,
皮箱里放啥东西,
锣鼓家什,
哪尕(个)敲法,
啦咚啦咚锵锵,
啦咚啦咚锵锵。

王妈来烧菜

王妈来烧菜,
两个客人来吃饭,
三匹白马来吃草,
两个儿童打一架,
隔壁头一只小狗汪汪叫,
吓得王妈妈蹦蹦跳。

小板凳搭一搭

小板凳搭一搭,
屋里煮个羊尾巴,
老头吃了背钉耙,
老妈吃了把针拿,
小人要一点,
当头几巴掌。

板凳腿板凳脚,
夜夜葫芦撒播(在)落,
撒落南撒落北,
撒播(在)地里种荞麦。

荞麦开花一望白,
茄子开花紫红色,
一个茄子结十个,
十个茄子结一百,
莲花闹顶簸箕,
大脚小脚拿过去。

摇摇船

摇摇船,
摇到外婆去趟来,
外婆叫我堂前坐,
舅姆叫我灶窝蹲。

一碗饭冷冰冰,
一双筷水淋淋,
一碗菜无有两三根。
舅姆脸庞结绷绷,
娘舅回来掼家什(掼东西),
外公翘起胡子囫管账,
外婆叽里呱啦话两声,
千朵桃花一树生,
来巴团子打送小外甥。

小棒槌歪又歪

小棒槌歪又歪,
妈妈打我好可怜。
早上打我砍柴火,
晚里打我摸菱角,
菱角刺扎我脚,
哎哟哎哟好痛哟。

天上一颗星

天上一颗星,
地上一只钉。
叮叮当当挂油瓶,
油瓶漏炒汉(蚕)豆,
汉豆焦换把刀,
刀无柄换杆秤,

秤无砣换面箩,
箩无底换麻被,
被无角换只八仙桌,
八个姑娘坐一桌,
轧脱个小阿叔,
盘(躲)那门旮旯里哭。

阿毛阿毛

阿毛阿毛,
上山挎(抓)麻鸟,
下山砍毛竹。
麻鸟飞得高,
掼下当柴烧,
麻鸟飞得低,
掼下当乌鸡(龟)。
小刺猁(刺猬)盘(躲)啦草窟里,
踏一脚吱哩哩,
翻开来花肚皮,
酱油沾沾好东西。

猁猁癞得凉锵

猁猁癞得凉锵,
快快种荞麦,
荞麦种一斗,
快快发馒头,

馒头做一百。
快快拜菩萨，
菩萨保佑瘌痢出头发。

点点戳戳

点点戳戳，
芝麻蜡烛。
新官上任，
旧官轧出。

十二月儿歌

正月里踢毽子，
二月里放鹞子，
三月里上坟插吊子，
四月里养蚕摘茧子，
五月里淘米包粽子，
六月里挥扇打蚊子，
七月里上山打栗子，
八月里丈母娘吃蹄子，
九月里重阳糕上铺栗子，
十月里脱了褂子换袄子，
十一月里磨粉做团子，
十二月里忙忙碌碌杀年猪。

叙 事 歌

劝你为人在世上

十七十八在娘房,
多学针线压笼箱。
一学高级织绸缎,
二学裁剪做衣裳。
三学厨房烧茶饭,
四学茶饭菜要相当。
五学见人巧说话,
六学走路莫癫狂。
七学见人要施礼,
八学一个女贤良。
九学一个贤良女,
婆家听说喜洋洋。
打一个花轿接回转,
欢欢喜喜拜高堂。

女儿明天要出嫁,
早睡早起做新娘。
娘家花饭随意吃,
婆家不由自己的。
鸡叫一遍翻身起,
鸡叫二遍巧梳洗。

鸡叫三遍出房门,
手拿扫帚扫中堂。
婆婆房里轻轻扫,
莫把灰尘满天扬。
自家房里慢慢扫,
莫让灰尘压笼箱。
手拿升筒去量米,
莫捏白米嘴里尝。
倘是小姑来看见,
她在一旁说短长。
煮饭多打一瓢水,
莫将米饭含了浆。
饭后打盆洗脸水,
手巾搭在面架上。
先盛一碗公婆吃,
末后盛给丈夫尝。
丈夫不吃你莫吃,
丈夫不尝你莫尝。
饭碗一放做针线,
莫学隔壁懒婆娘。
丈夫出门去吃酒,
你打开箱笼挑衣服。
好点衣服拿来两件,
穿到人前多排场。
丈夫吃酒转回程,
欢欢喜喜接进房。
倘若丈夫吃醉了,

把他扶持在牙床。
鸳鸯枕头高枕起,
怕他吐酒脏衣服。
脏了白的要你洗,
脏了蓝的要你浆。
你不洗,你不浆,
旁人骂你不贤良。
丈夫醉后把人骂,
让他几句也无妨。
你若跟他来争吵,
拳打脚踢将你伤。
这是父母为你好,
劝你为人在世上。

好姑娘

唱一个老妈八十八呀,
接了个媳妇赛仙家。
你问那个仙家怎样好?
我把仙家对你夸:
头不梳,好像一个蓬头狗。
手不洗,好像一对老爪爪。
脚不裹,好像一对掏火耙。
脸不洗,好像灶司活菩萨。
串东家来走西家,
天到午时不烧饭。
天天念叨回娘家。

手拿淘米篮去淘米,
婆婆开口问媳妇:
"昨天客来多少米?
今天客走烧些啥?"
媳妇说,我去淘米烧干饭。
婆婆说,把你为娘噎死她!
媳妇说,我去淘米烧稀饭。
婆婆说,把你为娘灌死她!
"干不吃来稀不吃,不知为娘吃些啥?"
婆婆说:"半边给我炒苋菜,半边给我煮南瓜;
半边给我烧稀饭,半边给我夹面疙瘩。"
媳妇一听心烦恼,
叫声为娘听真格:
"一个锅里煮四样饭,倒把儿媳难坏她!"
婆婆一听心烦恼,
叫声畜生小女子,
今天与我把嘴括,
我无情大棍手中拿,
有心用家法将她打。
惊动了楼上绣花的王月花。
她在高楼把花绣,
耳听楼下娘要把嫂打。
急急忙忙把楼下。
左手拖住娘的手,
右手拿棍把架拉。
喊声为娘,莫把嫂来打,
女儿今后也要嫁婆婆家!

你说受罪不受罪

小姐上轿哭哀哀,
爹也哭,妈也哭。
女婿转来劝丈人:
"丈人、丈人,你莫哭,
你的姑娘在我那儿好享福。
睡新床,盖新被,
大花枕头有两对。
手拿箱子脚踩柜!
走人家,我送她。
过田沟,我背她。"
姑娘跑回娘家说:
"睡门板,枕棒槌,
你说受罪不受罪!"

肚子饿了心发潮

肚子饿了心发潮,
想吃后园红樱桃。
一个樱桃没摘到,
晚娘骂我害桃痨。
亲娘打我三麻秆,
晚娘打我三铁条。
亲娘麻秆未打断,
晚娘铁条打弯了。
亲娘死了谁个哭?
亲儿、亲女哭。

晚娘死了谁个哭?
蛤蟆、癞头哭。
亲娘死了埋哪里?
金山抬到银山里。
晚娘死了埋哪里?
猪窝拖到狗窝里。

歇店歌

太阳落土下了山,
走路客官要下店,
三步只当两步走,
两步只当一步踮。
不知哪家好,
不知哪家好歇店,
正当行走抬头看,
前面来个女娇莲(娘)。
年纪大约二十一二三,
左手拿个擀面杖,
右手拿个小算盘,
头上青丝如墨染,
八宝耳环拖在肩,
上身穿件月白褂,
八步罗裙衬金莲,
杭州官粉擦白脸,
苏州胭脂点唇边,
她说她家好,
她说她家宽。

她说她家好歇店,
前八间,
后八间,
左八间,
右八间,
还有八间不上算,
五八共有四十间。
要吃热的架蒸笼,
要吃冷的用冰盘,
客官一听笑连连,
随同大姐进了店。
大姐带进了一个单房间,
端盆热水洗个脸,
再到店前去吃饭,
吃罢饭到房间,
坐在房间用目观,
那边挂的有琵琶,
这边挂的有丝弦,
那边贴的是古画,
这边贴的是八仙。
提起八仙请八仙,
我把八仙说根源,
果老骑个毛驴子,
铁拐李背个药葫芦,
吕洞宾背把青龙剑,
汉钟离拿个芭蕉扇,
曹国舅拿个云牙板,
蓝采和拿个小花篮,

何仙姑背个莲花甾,
韩湘子云端品玉箫。
观罢八仙去睡觉,
哈欠连天睡着了,
一睡睡到太阳出,
急忙翻身往外跑,
告辞店主我要走,
不知大路走哪条?
店主一听笑连连。
我把路头说根源,
东边一条大路不能走,
这条路上还野得玄,
前面有一座落昏山,
山上的大王狠得玄,
有人打他的山下过,
就要留下买路钱,
如果身上没得钱,
喽啰就把绳子拴,
一牵牵到一个剥皮厅,
开肠破肚挖心肝,
挖你的心去喝酒,
挖你的肝当菜咽。
走路要往南边走,
这条大路太平得玄,
路来一条河,
路上行人多得玄,
你要跑旱走大路,
要走水路乘航船,

客官一听笑连连,
告辞大姐我要走,
下回来我歇你的店。

三年失夫脱孝

正月守孝守天堂,
一句亲夫一句郎,
一碗白饭放在桌,
只见香烟不见郎。
二月守孝桃花开,
失去我夫无人知,
死去阴间无回转,
何时回转实在难。
三月守孝三清明,
各家蒸糕到墓前,
去年有夫去挂纸,
今年无夫扫坟场。
四月守孝修长城,
失去我夫一片城,
想起洋钉咬得断,
浮云再站贞洁坊。
五月守孝闹纷纷,
东边打鼓摇龙船,
前年有夫去看戏,
今年无夫无龙船。
六月守孝六伏天,
新造水车好无边,

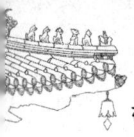
梅溪民间文学选集

去年有夫有车水,
今年无夫稻尾连。
七月守孝七月半,
芝麻菜籽对面看,
去年有夫割百万,
今年无夫看别人。
八月守孝八中秋,
我夫死去万事休,
我夫无此一根草,
冬草割掉春草抽。
九月守孝九中长,
一匹白布长几长,
去年有夫做衫穿,
今年无夫断衫尝。
十月守孝十路冬,
上亩割稻下亩空,
去年有夫去割稻,
今年无夫请别人。
十一月守孝雪飘飘,
单身女人捡柴烧,
何时能等小叔大,
小叔捡柴分嫂烧,
十二月守孝过年边。
药店先生收铜钱,
去年有夫应该还,
今年无夫无铜钱。

宣　卷

花名宝卷

花名宝卷初展开,
诸佛菩萨降临来。
正月茶花早逢春,
媳妇贤良敬大人,
保佑公婆年千岁,
门前大树好遮阴。
孝顺公婆为第一,
自己也要做婆身,
你若不把公婆敬,
生儿育女是虚名,
在家买些公婆吃,
何用南海拜观音,
皇天不负孝心人。

杏花开来是春分,
孝顺儿女敬双亲,
孝顺还生孝顺子。
忤逆还生忤逆人,
不信单看檐前水,
点点滴滴不差分。
在家买些爹娘吃,
灵前供祭是虚文,

爹娘就是灵山佛,
何用灵山见世尊。

桃花开来是清明,
夫妻恩义两相应,
丈夫不可嫌妻丑,
妻子不嫌夫家贫,
妻子丑陋前世生。
夫家贫穷命生成,
命好不到穷家去,
命穷难进富豪门,
姻缘本是前生定,
五百年前结成姻,
千里迢迢来相会,
夫妻恩爱海样深。

四月蔷薇立夏根,
兄弟和睦过光阴,
兄若从容照看弟,
弟也从容为点兄,
兄弟相争看娘面。
千朵桃花一树生,
家中自有亲兄弟,
何用外面结拜人,
三兄四弟一条心,
门前泥土变成金,
三兄四弟各条心,

家有黄金化灰尘。

石榴花开是端阳，
姑嫂做事要商量，
嫂嫂有事姑娘做，
姑娘有事嫂当长，
姑娘仁义敬重嫂，
做嫂也要敬姑娘。
尊敬须当公婆面，
姑娘不可太逞强，
在家莫用爹娘势，
姑嫂相处喜欢颜，
姑娘本是堂前客，
做嫂贤良爱姑娘。

六月荷花排中心，
邻舍和睦过光阴，
若有小人来相争，
各叫儿女转家门，
不可眼前将儿打，
当面打骂辱四邻。
大人相争难得好，
小人门前要相见，
邻舍和睦胜嫡亲，
远亲不如近邻好，
急难之中叫四邻。

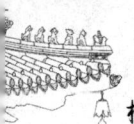

凤仙花开是初秋,
劝君做事要当心,
五更鸡鸣清早起,
三月起早抵一工,
起早做起做到晚,
免得忙时去求人。
求人只可一两次,
三次求人不相应,
别人求我三春雨,
我求别人六月霜,
三春之雨时常有,
六月浓霜何处寻。

桂花开来是秋景,
有钱不可笑穷人,
穷的哪有穷到底,
富的哪有富到根,
世间多少穷了富,
也有多少富了穷,
富贵贫穷轮流转。
有钱切莫笑穷人,
斗大红烛难照后,
看它结果自收成,
过头菜饭能好吃,
说话之中留几分。

菊花开来说重阳,

人到中年要子孙,
有钱无子非为贵,
有子无钱不为平,
穷人自有翻身日,
有钱无子是虚文。
三十无子平平过,
四十无子冷清清,
五十无子无人问,
六十无子断六亲,
老来无子真叫苦,
更比黄连苦十分。

芙蓉花开是冬天,
劝君行善莫行凶,
十分英雄都用尽,
后来儿孙难做人,
虎头监牢强人坐,
哪有良民在牢中,
家中之苦不算苦。
牢狱之中苦万分,
宁可高山望牢狱,
不可牢狱望高山,
凶恶之人牢中坐,
善人从不跪宫厅。

荔枝开花是中冬,
恶人休把善人欺,

人恶人怕天不怕,
人善人欺天不欺,
善恶到头终有报,
只争早来与迟来。
仙桥男女善人行,
地狱凄凉治恶人,
阎罗殿上看分明,
劝君及早回头转,
若不回头祸自身。

蜡梅花开冷清清,
劝君念佛早回心,
修行念佛无老少,
无常不营少年人,
万贯家财难买命。
阎罗殿上不容情,
阎王出了勾魂票,
不要钱财光要人,
阎王注定三更死,
断不留情到五更,
天大家财拿不去,
一双空手见阎王。

花名宝卷宣完成,
劝君贤良敬大人,
若是敬信花名卷,
胜得浮屠塔七层。

孝子歌

提起孝子泪不干,
思想娘恩大如天,
劝人须当孝为先,
父母恩账有千万,
不还焉能无罪行。
比如那借铜钿的,
骗了来生变畜还。
儿在母腹是肉团,
五官百骸未周全,
吃娘血,娘心烦,
面皮黄瘦不堪言,
怀胎账儿不能忘。
借问人子还未还,
赤条条,就包缠,
何曾带来一文钱。
娘坐月三十天,
犹如罪人坐牢监,
生育账,落地欠,
借问人子还未还。
愁衣食,缺洗换,
担心怕儿受饥寒,
或抽针,或抽线,
娘脚还在蹬摇篮。
母爱儿,抱起玩,
风吹藏在怀中间,

哺乳账,日日欠,
借问人子还未还。
到夜晚,抱儿眠,
枕头就是娘手腕,
娘睡湿,儿睡干,
值到天明还未按。
瞌睡账,夜夜欠,
衣裙常随怎耐烦,
灶前后,煮茶饭,
放了儿睡趁空间。
侧耳听,睁眼睛,
儿醒忙抱不迟延,
娘在吃,儿哭喊,
丢碗抱儿难食餐。
饥饿账,顿顿欠,
走人家,探亲眷,
怀抱娇儿不累嫌。
太阳大,炎热天,
浑身汗流湿衣衫,
到了屋,娘口干,
先喂儿乳后自餐。
汗水账,暑天欠,
儿岁长到一二三,
担心又怕麻痘阅。
儿学步,用手牵,
又怕水边和火边。
六七岁送学馆,
望儿发奋成大贤。

买纸笔,出学钱,
总求先生要耐烦,
爱逃学,爱躲玩,
费力淘气讲不完,
教训账,年年欠。
十几岁,定姻缘,
请媒结亲非等贤,
到迎亲,事多端,
打首饰,缝衣衫,
办礼物,摆酒席,
支用件件都要钱。
婚姻账,凭媒欠,
又怕儿,受贫寒,
用心为儿挣田园,
富后的,越想宽,
脸朝土,担磨肩,
苦工与儿攒金钱。
撑家账,一生欠,
苦难言穷人子若不还,
柱顶衣冠站人前,
叹父母,心劳干,
不觉衰老增残年。
衣不暖,食不甘,
风侵寒伤病来缠,
无常到,气断咽,
满堂儿女哭灵前。

旱船歌

旱船歌，是舞旱船时演唱的歌。旱船是梅溪主要的民间节令性舞蹈之一。每逢农历新年，旱船便要去家家户户"拜门子"。"船娘子"身系旱船，"船拐子"边打"莲响"边唱旱船歌。另有"艄公""媒婆"，以及锣鼓伴奏等，组成一支"船队"。传统上，每年的正月初一开始到二月二"龙抬头"为止是"拜门子"的日子。旱船歌的内容十分丰富，可分为"历史纲鉴歌""劝人为善歌""古贤英雄歌""才子佳人歌""吉祥如意歌""恭喜发财歌""风趣搞笑歌"等类别，每一类别又有相当数量的歌曲，总数达500首以上。唱腔以一个"基本调"为主，一般每段在不少于六句的前提下，可长可短。艺人还有因时因地因人因物临时编唱新词的技能。因篇幅限制，这里仅选取部分旱船歌，可见一斑。

历史传说歌

白黑红脸唱古人，
天上白脸紫微星，
地上白脸小罗成，
仁贵白脸骑白马，
唐僧白脸去取经，
四个白脸四古人。

天上黑脸黑煞神，
地下黑脸是阎君，
朝中黑脸包丞相，

山东黑脸孔圣人,
四个黑脸四古人。

赵匡胤红脸坐东京,
关云长红脸困麦城,
秦琼红脸卖战马,
孟良红脸去偷营,
四个红脸四古人。

唱古人

一打天鼓落将星,
二打仁宗认母亲,
三锏打死秦怀玉,
四打薛刚闹花灯,
我把那个四打安排定,
再把那个四吊明一明。

太公钓鱼坐江心,
敬德吊颈坐柳林,
崇祯吊死煤山上,
岳飞绞死风波亭。
三吊一绞四古人,
我把那个四吊安排定,
再把那个四白明一明。

天上白脸紫微星,

地上白脸小罗成，
朝中白脸薛仁贵，
唐僧白脸去取经。
我把那个四白安排定，
再把那个四黑明一明。

天上黑脸黑煞星，
地上黑脸五阎君，
朝中黑脸包文正，
家中黑脸灶主生，
这是那个四黑四古人。
我把那个四黑安排定，
再把那个四哭明一明。

孝子堂前哭一声，
三娘哭进磨坊门，
孟宗哭竹冬生笋，
孟姜女苦倒万里长城，
这是那个四哭四古人。
我把那个四哭安排定，
再把那个四笑明一明。

佛爷一笑眼不睁，
孙猴二笑多忠君，
观音三笑莲台坐，
童子四笑拜观音，
这是那个四笑四古人。

我把那个四笑安排定，
再把那个四老明一明。

人老老不过杨令婆，
钟馗十万斩妖魔，
果老活了二万七千岁，
彭祖又活八百多，
这是那个四个老家伙。

多谢茶多谢烟

多谢茶多谢烟，
多谢板凳坐半天，
提起烟就唱烟，
黄烟出在四川峨眉山，
王母娘娘下的种，
九天仙女把它盘（侍弄），
从小青青长老黄，
吃到嘴里喷喷香。

小小烟坛四两铜，
老君炉里炼成功，
主东出钱将它买，
买在家中有何用，
留在家中访宾朋。

茶叶里头有根芽，

茶叶是南山青柳叶，
水是老龙口中花，
火是南山丙丁火，
柴是南山老铁树，
要是老者烧的茶，
好比彭祖又活了八百八。
要是老奶奶烧的茶，
头发掉了又重发，
要是学生烧的茶，
读起文章就数他，
要是姑娘烧的茶，
描龙绣凤巧女家。

酿酒师傅是杜康，
杜康生下一女郎，
取个名字杜金娘。
百样针线她不会，
就会烧饭种田忙，
人少饭多吃不了，
倒在一个枯树桩，
上扯菊花来盖上，
三天就闻米酒香。
状元打马从此过，
一阵风来一阵香，
不是此地出宝贝，
咋让此地有这香。
马鞭子挑酒嘴里尝，

头口酒来甜如蜜,
二口酒来甜似糖,
青水河里漱个口,
醉倒东海老龙王。

扯白歌

清早起下河坡,
一脚踩个鲫鱼窝,
逮个黄鳝做秤杆,
逮个王八做秤砣,
称的称,算的算,
称个鲫鱼八斤半,
闹市长街去卖了,
钞票又卖了二吊三。
喝罢了酒吃罢了饭,
剩下我一吊不大满,
放下卖鱼我不讲,
我说个买鱼的叫张三,
张三开了个小饭店,
夫妻两个生活不推板(不差)。
那天来了个小客官,
我把那个客官言一言,
他的头像八斗,
他的耳朵像蒲扇,
他的眼睛像铜铃,
说话好像打雷一般,

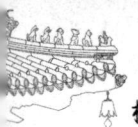

说他的人才有多高,
估计他有一丈三。
肩上背个铁扁担,
要问那个扁担有多大,
估计也有一丈三,
要问扁担挑多重,
一头要挑一座山。
他说到此要吃饭,
一坐坐个店中间,
张三一听不怠慢,
跑到厨房转几转,
红烧鲤鱼往外端,
又有仔鸡又有肉,
一桌子好菜好得玄。
张三又把酒瓶掂,
又是吃来又是喝,
一瓶烧酒喝精干,
叫店主把酒掂,
我的酒量还不简单。
一斗米,吃顿饭,
张三上前算饭钱,
客官一听把眼翻。
我江湖跑了一大半,
从来吃饭就不给钱,
今天吃饭你要钱,
我要跟你试试看。
你要吃消我一扁担,

喝酒吃饭我都给钱,
你要吃不消我一扁担,
想要饭钱难上难。
张三一听不怠慢,
跑到后园转一转,
随手把擀面杖掂。
人家擀面杖是木头,
他的擀面杖是生铁板,
当中粗来两头尖,
头边还安着一铁环,
张三掂在个手中间,
一掂掂到一个大门前。
他跟客官对面站,
走上跟前施一礼,
江湖义气礼当先,
今天让客三分礼,
要请客官你在先,
客官一听不怠慢,
当头给他就是几扁担。
张三赶着往上拦,
两个武器就交了手,
打得火星冒上天,
两个人打得热闹得玄,
后面惊动个女娇娘。
我把娇娘言一言,
头上青丝如墨染,
一对耳环拖在肩,

随手拿个小火钳,
走上跟前去解劝。
伸手就把武器钳,
两个武器钳着放一边,
一手拉住丈夫张三,
一手拉住一个客官,
拉倒店房快请坐,
两个人的武器都不推板。
你们不打不相会,
打了不交不算好汉,
二人就把弟兄结,
仁义兄弟好得玄。
客官一听笑连连,
我的年纪二十八,
店主年纪二十三,
我是个大哥占了先,
这是江湖一小段,
七扯八拉扯不圆全。

小小旱船在你府上

小小旱船两头尖,
当中有座送子娘娘,
送子送了三点子,
状元、榜眼、探花郎,
荣华富贵在你府上。

十字歌

一字写,横摆着;
二字写,隔条河。
三字又写像王字;
四字写的门关着。
五字写的盘个腿;
六字三点各是各。
七字写,把脚跷;
八字眉毛生的窝。
九字写,金钩挂;
十字又写到叉着。
正写十字拦腰画;
反写十字难坏我。
十字头上加一撇;
千家万户没会过。
九字一旁坐鸟字;
斑鸠树上叫哥哥。
八字底下坐刀子;
兄弟分家各是各。
七字头上坐白字;
皂红皂紫皂纱络。
六字地下坐叉字;
交朋结友莫嫌多。
五字底下坐口字;
家有梧桐树一棵。
四字底下坐马字;

唱得不好莫骂我。
三字从中找一直；
王三公子早登科。
二字当中加八字；
夫妇两人要调和。
一字从中家了字；
子孙满堂笑呵呵。

盘古历史

自有盘古分天地，
混沌初开现乾坤。
无极又把太极养，
太极又把二仪生。
阴阳二气轮流转，
太极圈上观分明。
上有日月当空照，
照得万物往上升。
日精月华分昼夜，
只有阴阳万事成。
人生四肢为四相，
脚掌手心八卦纹。
天皇弟兄十三个，
地皇弟兄十一个。
人皇弟兄有九个，
各活一万八千春。
陕西猿人蓝田县，

山顶洞人住北京。
有巢氏架木来造屋,
燧人氏钻木火种生。
仓颉蹄印来造字,
河图洛书甲骨文。
伊尹编造象形字,
鸟像鸟字人像人。
氏族公社大发展,
父子氏族随父行。
安下婚姻夫妻制,
父子关系才分清。
原始社会五十万,
一代一代传下人。

唱了一村又一村

听我来唱一个五路财神,
大财神背了一桶金,
二财神背了一缸银。
三财神又送摇钱树,
四财神又送聚宝盆。
五财神年纪小珍珠玛瑙送,
五路财神堂前进。
荣华富贵的人,
你是吃不光了用不尽。

旱船来源

人有人来天有天,
九重天上有神仙。
玉皇打坐凌霄殿,
王母娘娘庆寿端。
张果老骑毛驴子,
汉钟离宝扇扇云箄。
曹国舅打云牙板,
铁拐李葫芦放火玩。

吕洞宾背七星剑,
蓝采和手提花篮。
何仙姑背莲花勺,
韩湘吹箫钻云箄。
王母娘娘花船造,
蟠桃会上玩一玩。
何仙姑把船来坐,
铁拐李又来撑船。
蟠桃会上多热闹,
各个神仙都喜欢。
玩罢王母蟠桃会,
八大神仙来借船。
八仙上前把船借,
借下凡间玩一玩。
王母问借多长远?
凡间去玩三十天。

正月初二借下去,
二月初二送来还。
起动船儿来得快,
来到西京古长安。
万岁打坐金銮殿,
满朝文武乐开颜。
金銮殿上玩一遍,
文武百官拍手欢。
长安城里多热闹,
玉石街上玩一玩。
男女老少都在看,
只见花船闹新年。
二月初二龙头现,
八仙还船上了天。

八仙还船上了天,
再说昔日蔡章员。
蔡章员他多行善,
修桥补路代代传。
蔡章员造洛阳桥,
一份家当都造干。
洛阳桥才造一半,
还有一半造不全。
蔡章员急无法办,
不能吃来不能眠。
善人惊动天和地,
惊动天上一神仙。

王母娘娘掐指算,
手搭凉棚往下观。
缺少银钱无法办,
点化观音来下凡。
观音老母来搭救,
变个凡人女娇莲。
长的美貌多好看,
坐个小船河里边。
小船上有一块匾,
二边又挂一对联。
谁人打中我的彩,
和他百年配姻缘。
有钱公子千千万,
个个公子打彩钱。
王孙公子都打彩,
彩钱不中美人边。
吕洞宾下凡抬头看,
来到人群最前面。
洞宾偷打一只彩,
打中美女正中间。
观音老母下指示,
这是吕洞宾下了凡。
驾赶云端上天去,
三朵莲花现只船。
蔡章员把船捞上岸,
金银财宝装半船。
银钱造起洛阳桥,

留下旱船在人间。
蔡章员把它当纪念,
万古流传到今天。

历代纲鉴(商朝)

开天辟地盘古先,
生天生地必生仙。
神农皇爷尝百草,
轩辕大帝把蚩尤斩。
自从盘古分天地,
历史朝代往下传。
前三皇后五帝年长久远,
有尧舜和禹汤四大名贤。
商纣王坐江山百姓埋怨,
苏妲己造楼台害死比干。
只害的文武百官东逃西散,
害得比干丞相挖心归天。
只害得姜子牙九龙桥开刀问斩。
只害得贾夫人跳楼归天,
害的黄飞虎反过了五关。
铜斗烙死姜皇后,
文王吃子苦难言。
姜子牙借水遁到西岐把身安,
姜子牙到西岐无事可干,
来在渭水河手提钓鱼竿。
有文王访贤臣渭水河畔,

臣坐车君拉纤乾坤倒转。
只背了八百步停车出现,
文王只累得汗水不断。
姜子牙坐龙车掐指一算,
算定了文王江山八百零八年。
历代纲鉴一小段,
马马虎虎讲不全。

历代纲鉴(汉朝)

大汉江山渐渐灿,
出了董卓卖国奸。
上欺君王压天子,
下欺文武和百官。
三国献出美人计,
王允献出女貂蝉。
明的她把董卓配,
暗许吕布成姻缘。
那一天金銮殿上摆玉宴,
董卓上殿把宴餐。
董卓金殿去饮酒,
吕布凤雨亭上戏貂蝉。
又被董卓来看见,
干父子两个不和缘。
董卓依仗官职大,
吕布依仗本领全。
干父子俩一场战,

枪挑董卓命归天。

桃园结拜弟兄仨。
荆州府大哥叫刘备,
浦州府二弟关云长,
涿州府范阳县,
跑出三弟张翼德,
三人结拜在桃园。
大汉江山有了主,
缺少军师保江山。
卧龙岗茅庐三请诸葛亮,
保定刘备坐江山。
先用五牛来祭地,
又用五马来祭天。
汉朝纲鉴一小段,
简简单单表一番。

历代纲鉴(唐朝)

李世民双拳兴大唐,
徐茂公左手分阴阳。
王伯当神剑穿杨柳,
罗成三十六路回马枪。
杨林三败秦叔宝,
单雄信三次不投唐。
尉迟恭单鞭救过主,
程咬金三斧定瓦岗。

谚 语

穷家难舍,热土难离。
洗脚不如洗被子,洗被了不如扫床脚,扫床脚不如挪个窝。①
新娘进了门,媒人撂过墙。
河边插柳,河堤长久。
山上没有树,水土难保住。
松树修枝如上粪,杉树修枝好送命。
离山十里,柴在家里;离山一里,柴在山里。
村中有个好嫂嫂,满巷姑娘齐学好。
打鱼的不离船边,打柴的不离山边。
把舵的不慌张,乘船的才稳当。
不想吃锅巴,不来灶上里。
采桑娘子要晴天,种田哥哥要雨天。
吃大鱼吃不起,吃小鱼怕腥味。
寒冬腊月喝凉水,点点滴滴在心头。
卖鱼的吃鱼肠,买鱼的吃鱼王。
腊月里冻不死忙人。
看人挑担不费力,自己挑担步步歇。
空手赶不上挑担的,挑担的赶不上要饭的。
行要好伴,住要好友。
砂锅不打不漏,朋友不交不透。

---

① 形容人懒得连脚都不想洗,推三阻四。

会说的两头瞒,不会说的两头传。
叫花子刚有吃的了,就苛待要饭的。
闺女不出娘家门,到老不成人。
不比吃来不比穿,只比苦干加巧干。
金窝银窝不如自己的穷窝。
三岁看小,七岁看老。
父母难保子孙贤。
交人交到鬼,打酒打到水。
节约好似燕衔泥,浪费好似河决堤。
近水不可枉用水,靠山不可枉烧柴。
家有千斤油,不点双灯头。
补漏趁天晴,读书趁年轻。
油菜听到锄头响,一边锄来一边长。
白露秋风雨,一夜冷一夜。
蚂蚁成群,大雨来临。
风送雨倾盆,雨过天不晴。
未到惊蛰先响雷,四十九日天不开。
雷公先唱歌,有雨也不多。
春播杨柳夏栽桑,正月种松好时光。
三月初三落(下雨)一阵,稻草烂成粪。
六月初六滴一滴(下雨),滴滴答答到秋头。
久晴西风雨,久雨西风晴,就怕东风起不大。
一年四季东风下,就怕东风吹不大。
春雾雨,夏雾热,秋雾凉,冬雾雪。
六月天,不要瞧,早上砍柴晚上烧。
南风吹到底,北风来还情。
谷雨前好种粮,谷雨后好种豆。

秋分不出头,割草喂老牛。

后插一天苗,晚收十天谷(指立秋后)。

晴到冬至落(下雨)到年。

麻雀看蚕,越看越稀。

种田不上粪,等于瞎胡混。

蜡做的心儿见不得火,纸扎的花儿不结果。

荷叶包不住菱角,缺点瞒不住别人。

宁做蚂蚁腿,不做麻雀嘴。

风吹不走月亮,纸包不住火。

风吹草动星不动,水涨船高岸不移。

单弦不成线,独木不成林。

正月二十晴,树上挂油瓶①;二月二十晴,杨柳泛青一道青;三月二十晴,谷子撒两层;四月二十晴,田里冻死栽秧人。

二月清明满山青,三月清明不见青。

辣椒苗子不长茄子,葫芦架上不长西瓜。

抱过窝的鸡蛋,外头没变里头变了。

荆条编竹篮,看看容易做做难。

药方对,一口汤;不对方,一水缸。

敬了公婆不怕天,交了租税不怕官。

九子不葬父,一女打金棺。

借债还债,窟窿还在。

今年种竹子,明年吃笋子。

金瓜还银瓜,越还越差。

买得便宜柴,烧了夹底锅。

卖菜的不掺水,买菜的噘着嘴。

---

① 油瓶指冰凌子。

麻子姑娘爱擦粉,痢痢姑娘爱戴花。
老和尚的木鱼,天生是挨揍的货。
老鸡不上灶,小鸡不乱跳。
老鼠拖木锨,大头在后头。
人前不走,马后弯腰。
拳头朝外打,胳膊朝里弯。
人搁不住千言,树搁不住千斧。
人咬人,无药医。
粗柳簸箕细柳斗,世上谁见男儿丑。
穷在路边无人问,富在深山有远亲。
话不要说死,路不要走绝。
草布袋,麻布袋,一袋(代)管一袋(代)。
吃生米的碰到吃生稻的。
大海里翻了豆腐船,汤里来,水里去。
到乡下杀鸡鸭,到街上拍拍肩膀。①
板凳当柴烧,吓得床儿跳。
豆腐掉到灰堆里,打不能打,吹不能吹。
葫芦瓢捞饺子,汤水不漏。
话经三张嘴,长虫(指蛇)也长腿。
人要人帮衬,树要土为根,会打三面鼓,少不了对手人。
街上人,半拉脸,喊吃饭,不拿碗。
家有千金,不如薄艺随身。
脚上绑大锣,走到那儿,响到那儿。
拾(捡)到的帖子,做不得客人。
江南望见江北好,去到江北喊苦恼。

---

① 指乡下亲戚嫌城里亲戚不热情。

要好祖上好,要饱早上饱。

黄毛丫头十八变,临上花轿变三变。

人老怕穷,树老怕空。

早食盐汤是参汤,晚食盐汤如砒霜。

请不到好师傅一年穷,讨不到好老婆一辈子穷。

跟个好人学好人,跟个毛狗学妖精。

心闲长头发,身闲长指甲。

饭有三餐不饿,衣有三件不破。

家有三双袜,出门把嘴夸。

喊人不蚀本,舌头打个滚。

虾有虾路,蟹有蟹路,螺蛳无路旋三个转转路。

吃药不禁嘴,跑断郎中腿。

人硬是钱硬,箩筐硬是饯硬。

一人没有二人计,三人打个好主意。

宁跟光棍掂包,不跟眼子撑腰。

大梁不正二梁歪,三梁不正倒下来。

一儿一女一枝花,多儿多女是冤家。

小孩说实话,糯米打糍粑。

粪坑越搅越臭,丑话越讲越多。

兄弟三人一条心,黄土变成金;兄弟三人三条心,穷断脊梁筋。

穿孝袍子拜堂,不是长久的夫妻。

天不怕,地不怕,就怕喉咙来做坝。

一朝多露三朝雨,三朝多露九朝晴。

天上星多月勿明,树上叶多鸟勿停;山上石多路不平,塘里鱼多水勿清;地上牛多路勿平,朝中官多勿太平。

麦子屁股痒,越敲越会长。

吃了清明粽,还要冻三冻;吃了端午粽,才把寒衣送。

春打五九末,稻米渐渐缩;春打六九头,家家卖老牛。

天上鲤鱼斑,明天晒谷不用翻。

日晕长江水,月晕断江流。

路子多了不聚财,鹭水多了踩不死草。

人过五十往下衰,晚上想了千条路,明朝还照老路行。

半夜起来上扬州,走来走去屋后头。

七月半,蚊子多一半;八月半,蚊子少一半;九月半,蚊子叮石板。

夏至杨梅满山红,小暑杨梅要出虫。

清明要明,谷雨要淋;立夏不下,无水洗耙;小满不满,无水洗碗。

南炫(闪电)火门开,北炫雨来探;东、西都炫晒死蜈蜥(蚯蚓)。

朝(雾)漳北风掀,北漳雨连天。

识不到风莫行船,观不到天莫种田。

小暑(许)插黄秧,不够完公粮。

大、小麦不过立冬关,油菜不过小雪关。

春雪一百天,冬雪一百二、腊雪一百八十天还原,雪越下得大水越小,雪越下得小水越大。

(秋天)处暑尾、白露头,无事担忧愁。七愁、八愁愁到(农历)八月二四五更头(梅溪当地多雨水,当地老百姓担心洪涝灾害)。

五月南风发大水,六月南风发天干。

穷人莫信富人哄,椿树(香椿树的嫩头可以吃,味道香鲜)扒头下谷种。

小满种秧家把家(少数人家),忙种插秧普天下。小暑插秧定时刻,大暑插秧分昼夜。大暑插秧养不活胖婆娘。

八月好种田迟了大年,秋分不出(qu)头割(guo)草喂老牛。
头伏芝麻,二伏豆,三伏种扯绿。
一龙治水塘塘满,十龙治水一塘空。
皮影子下饭店,人多不消货。
女做男工省个忙工,男做女工瞪(晦气)煞祖宗。

三月二十四,四月二十三,大落大干、小落小干、不落不干。
春雨惊春惊谷天,夏满忙夏暑相连,秋暑落秋寒霜降,冬雪雪冬大小寒。
早上红山(东南方向的山)戴帽有雨,晚上龙山(西北方向的山)戴帽有雨。
东杠(彩虹)西杠雨,南杠北杠卖儿女。
黄梅雾,开船不问路。
太阳戴斗笠,有雨在九里。
雷打惊蛰前,乡下老农好种田。
小暑打雷到种黄梅(梅雨天延长)。
清明打湿坟头纸,蓑衣烂成屎。三月二落雨落得茧子白。
立秋不能打雷,打雷秋苗要养儿。
立秋要打雷,晒(su)死(sa)鳝鱼头。
小暑不能刮南风,刮南风十冲干九冲,泥鳅问露水,哪有旱泥冲。

歇后语

菜刀切莲藕——藕断丝连
和尚捡到辫子——得法（发）
小二妮抱个玻璃瓶——稳打
膏药纸贴屁股——黑门
肚皮眼插大旗——妖翻
稻草人救火——自身难保
寒冬腊月卖凉粉——过时
驴子掉进水沟里——乱弹
癞头宝子（蛤蟆）钻床脚——鼓肚子撑
烧香摸屁股——使惯了手脚
城墙上撒尿——好长的线
蟹居士走路——横行天下
稻草包黄鳝——溜了
老母鸡打脾汗（中暑）——窝里颤（战）
吊死鬼擦粉——死要脸
狗咬鸭子——呱呱叫
穿蓑衣打火——引祸（火）上身
乡下人穿大褂——必有正事
狗掀门帘子——嘴使前
乌龟爬门槛——看此一翻
卤水点豆腐——一物降一物
头顶地窑子——累死不好看
端公钻到尿壶里——转不开身
文太公祭祖——文质彬彬

狗咬刺猬子——无从下口
小呆（孩）放炮——又爱又怕
裁缝丢了剪子——落得吃
老妈子穿红裤——宜远不宜近
灶家菩萨上天——言好事
八十岁老妈子砍黄松——一日不死要柴烧
棒槌敲铜锣——响当当
太阳底下晒太阳——阴阳不分
戴着斗笠亲嘴——差一大截
八十岁学吹打——老来忙
黄泥巴落到裤裆里——不是死也是死（屎）
茶壶里煮饺子——有货倒不出
大将冷眼观螃蟹——看你横行到几时
麻布袋绣花——底子太差
提拉耳朵擦鼻涕——不是劲儿
二十一天不出鸡——坏蛋
狗皮上贴膏药——不粘
狗头上长角——羊（洋）相
棺材店咬牙——恨人不死
猴儿吃麻花——蛮拧
猫咬尿泡——空欢喜
蚂蚁戴眼镜——自己觉得面子大
麻绳系豆腐——提不起
盲人剥蒜——瞎扯皮
老虎吃蚂蚁——碎拾掇
山东人吃麦冬——一懂不懂
老鼠落到米糠里——空欢喜
吃瓜子吃出个臭虫来——什么仁儿都有

后　记

每当我驱车穿行在梅溪的山麓田野间，眼前总会浮现这样一幅画面：一道山溪在水田旁潺潺流过，一部水车斜靠塘坝将山溪与水田相连。几位农夫倚靠在水车前的横杠上，手中各持一件打击乐器，边踩水车，边敲击锣鼓。引吭高歌："太阳出来照九州哎……"高亢嘹亮，回荡在田园之中。小溪淙淙，水车吱呀，锣鼓铮铮，歌声萦绕；构成一幅令人心醉的田园诗画。然而，这已是一种回忆，且一去不复返。

与任何事物一样，民间的文学艺术、歌谣谚语、民俗百工，并非凭空而来。它的产生、存在都与一定的历史环境、生产力水平等有着密不可分的关系。而生产力不断提高，社会不断现代化，又是历史发展的必然趋势。如此，车水歌的"濒危"似乎不可避免，这也时时在拷问着我的内心：如不将它记录，历史岂不是有了一页空白？

从20世纪80年代起笔者陆续参加了《民间文学三套集成》、"民族民间艺术保护工程"和"非物质文化遗产普查"的调查、记录、保护工作。涉及的内容越来越广，积累亦越来越厚，逐渐就产生了将所记所知付梓于世的想法。或综合，或分门别类，把梅溪一方民间文化的记忆留存以飨读者。2013年，笔者曾与王季平先生合作编写《安吉山歌》一书；今又立足于梅溪镇范围，将梅溪民间流传的故事传说、歌谣谚语遴选精要，编为《梅溪民间文学选集》。由于内容都来自民间的口传心授，涉及古代的人名、典故往往会出现"别字"或"类音误传"。在力所能及的范围内,笔者对此做了一些厘正。鉴于水平有限,不当之处在所难免,敬请谅解。

本书编著的过程中,得到了刘大海、沈月华、毛金民、杨顺珍、田忠忠等许多前辈和老师的热心指教与鼎力相助,在此一并表示衷心感谢。

尚亿琴

2018年3月